2
Author 道造
Illustrator めろん22
貞操逆転世界の童貞辺境領主騎士
Virgin Knight
who is the Frontier Lord in the Gender Switched World

「ようやく、この地獄の日々が終わるのですか？」
騎士見習い
マルティナ

剣術鍛錬で、
疲労困憊の声であった。
楽しい日々だったろ。
少なくとも私は楽しかった。

ポリドロ領 封建領主騎士
ファウスト
「美しい！」
「気に入って頂けたようで、
何より嬉しいわ」
アンハルト王国 第二王女
ヴァリエール

アンハルト王国 女王
リーゼンロッテ

「では、お渡しします」
「ちょ、それ！　ひょっとして――!?」

ヴィレンドルフ王国 女王
カタリナ

Virgin Knight who is the Frontier Lord in the Gender Switched World

プロローグ　騎士見習いマルティナ　003
第24話　トンボ返りの王命　009
第25話　交渉役任命　024
第26話　全身鎧の下賜決定　041
第27話　マジックアーマーの製作風景　055
第28話　アンハルト王国に過ぎたるもの　070
第29話　欠陥品のカタリナ　086
第30話　ザビーネを殴ろう　103
第31話　心を斬れ　116
第32話　汝は英傑なりや?　132
第33話　空虚な王座にて　146
第34話　かくしごと　161
第35話　歓迎パレード　175
第36話　花泥棒　190
第37話　バラのつぼみ　206
第38話　愚か者の身の上話　224
第39話　和平交渉成立　238
第40話　憎まれる覚悟　254
第41話　ヴァリエールの憂鬱　269
第42話　遊牧民族国家　283
第43話　和平交渉成立への反応　299
第44話　仮想モンゴル　315
第45話　ファーストキス　329

外伝　ある小領主の死　344
外伝　カタリナIFグッドエンド　361

貞操逆転世界の童貞辺境領主騎士

2

Virgin Knight who is the Frontier Lord in the Gender Switched World

Author
道造
Illustrator
めろん22

イラスト／めろん22

プロローグ　騎士見習いマルティナ

アンハルト王国には、ボーセル領と呼ばれる小さな町程度の封建領地があった。

今はもう何処《どこ》にもない。

領地自体は残っているが、その名は一か月前に消え果ててしまったのだ。

王の直轄領になるにしたがって、反逆をした家の名を称しているのは良くないとのことであった。

このマルティナの母、カロリーヌが実家たるボーセル家を破滅させたのは一か月前である。

ボーセル家への憎悪と怨嗟《えんさ》を振りまいて、何の罪もない無関係な他領民への虐殺さえ行って。

略奪を行い、財貨を奪って敵国へ逃げようとして、最後の最後まで業火の火の粉を散らし続けて。

母カロリーヌ自身も、従った領民も、そして実家たるボーセル家を含めた何もかもを憎しみの炎で焼き尽くしてしまったのだ。

そうして、私も殺されてしまうと思ったのだ。

私は罪人たるカロリーヌの娘である。

法制として犯罪抑止のため、そして何より被害者への慰撫《いぶ》の為《ため》に。

連座や縁座により親族や主従関係者に対して刑罰を定めたアンハルト王国としては、明確な罪人の娘でしかないマルティナ・フォン・ボーセルの死刑を求めるのが当然であった。

ゆえに、私は縛り首になるなり、せめて慈悲をかけられて斬首による死刑を受ける立場であるというのに。

今、こうしてここにいる。

のうのうと朝の寝台にて寝そべり、なんならネズミを駆除するために飼われているであろう猫などもにゃあにゃあ鳴きながら横に転がっていて、それを撫《な》でることすら許されている。

猫の名前はまだ知らないが、まあそれはどうでもよいことだった。

その腹を無意味に撫でる。

更に特に意味もなく、猫を持ち上げて股座《またぐら》を確認した。

雌だった。

ともかく、このマルティナは王家の慈悲を得て助命されたのだ。

それを勝ち取ったのは私ではなく、あの「憤怒の騎士」と呼ばれるポリドロ卿《きょう》であり。

王国最強の騎士でありながら、男女比が1対9である世界の規格において、たった一人の男性騎士として異常な戦功を誇る英傑であった。

彼に、この命を救われたのだ。

「……この結末は正しいのか。それとも間違っているのか」

この私には、マルティナ・フォン・ボーセルには判断が付かなかった。

嫌いではない。

決して、私の助命嘆願をしたファウスト・フォン・ポリドロ卿の事は嫌いではない。

自分が受けた恩を忘れたような言葉を自分がほざこうものなら、その場で殺してくれても良かった。

ファウスト様はあろうことか女王陛下の眼前にて、私の助命嘆願をしてくれたのだ。

アンハルト王国の最大権力者であり、指導者であるリーゼンロッテ女王陛下の王命に公然と逆らってまで、私を助けようとしてくれたのだ。

額を床石に擦り付けて、皮膚が破けて血が滲《にじ》むまでに頭を下げて。

地獄の戦場にて死に物狂いで得たはずの栄誉である、自分の感状さえも返上することを叫んでまで私の助命嘆願をしてくれたのだ。

そうしてくれた理由は私にはわからない。

なれど、ファウスト様が損を被《かぶ》ってまで自分の命を救ってくれたことだけは理解している。

だから、それを笑う者がいるならば卿の名誉の為に、私は死に物狂いでその愚か者を殺さなければならない。

私の命は卿に拾われたようなものなのだから、卿に死ねと言われればいつでも死んでよかった。

愚か者を殺すために、いざという時に自害するために、どちらの用途にも使える短刀を握っている。

今は領地を失いて、もはや汚らわしいと掲げることすら許されぬ紋章が刻まれたものだ。

単なる世襲騎士家に落ちぶれたボーセル家の紋章が刻まれた、私の少ない私有財産の一つだった。

寝台でさえ所持しているそれに手を伸ばし、鞘《さや》を握る。

私はいつでもどこでも、自分が誓ったことを行使することが出来た。

貴族として、青い血としての覚悟である。

それは母から与えられた教育の賜物《たまもの》で、自分が誇るべきことだった。

その立派な教育を私に施してくれた母が、護《まも》るべき家も何もかもを憎悪の業火により燃やし尽くしたのは笑えるところであったが。

「笑えないか」

少なくとも、ファウスト様は笑っていなかった。

何か、どうも、私の母親の話題に触れると眉を顰《ひそ》める。

ファウスト様は、私が母親のことを貶《けな》すのが気に食わぬようであった。

私が母親の事を罵るのを、どうも傷に触れるようにして嫌がるのだ。

眉を顰めて、本当に子供のようにして拒む。

私は以前にハッキリと言われたことがあるのだ。

「彼女は、お前の母親は愛してくれなかったのか。酷《ひど》い扱いをしたのか」

酷く辛《つら》そうにして、ファウスト様は言うのだ。

聞きづらそうにして、信じられぬことのようにして言うのだ。

だから私は正直に答えた。

「そのようなことはありません。多分、私の母親は、私のことを本当に愛してくれていたように思います。酷い扱いなど一度も受けたことはありません。ですが、私のそれと世間の評価は異なるでしょうに。たとえ自分がどれだけ母の良い面を叫んだとしても、他人から見て悪人や狂人であれば、そうでしかないのですよ」

私は唇を尖《とが》らせて、そのように零《こぼ》した。

貴方《あなた》が一番よく理解しているはずなのだ。

そう吐き捨てるが。

そうかと、何かを悲しむように零し。

何もかもを理解したように、ファウスト様はゆっくりと頷《うなず》いて。

遠い目をして、それ以上は何も口にせぬのである。

だから、私もそれ以上は何も言わぬのだ。

母を貶すような悪口も、そしてファウスト様に聞きたい言葉も。

「ファウスト様の母御は、どのような御方《おかた》だったのですか？」

そう尋ねることはできなかった。
両手で猫を持ち上げる。
どうにも避けたい話題のようで、ファウスト様にそれを聞くのは困難である。
だから、代わりにファウスト様が飼っている猫に聞いた。
猫はぶらんと私に持ち上げられ、抵抗することもなく一鳴きした。
返事は「にゃあ」だった。
そんな可愛《かわい》い猫を地面に下ろして、立ち上がる。
主人たる騎士が起きる前に、起きていなければならない。
今の私は、ボーセル家の後継者でもなければ、連座で死刑になる少女でもない。
ファウスト様に仕える騎士見習いの少女、マルティナに過ぎなかった。

第24話　トンボ返りの王命

第二王女ヴァリエール様の初陣、世間では「カロリーヌの反逆」などと呼ばれている騒動から一カ月が経《た》つ。

このファウスト・フォン・ポリドロは無事に軍役を終え、領民達《たち》と共にポリドロ領に帰り着いて健やかなる日々を過ごしていた。

ごくごく個人的な私の誉れゆえに助命嘆願したマルティナも連れており、今はその騎士見習いとしての教育中、馬房にて愛馬フリューゲルの世話を今後は担当してもらうように教えを施している最中である。

馬の世話は大好きだから、まあ自分でもやるのだがね。

私はそのような事を考えながらも、愛馬の頭を撫でる。

「これが我が愛馬フリューゲルだ」

背が高く、厳かで偉大な強さを持つグレートホースであり、愛する母マリアンヌが私の為だけに何処からか入手してきた軍馬である。

体高は2mを超えている。

体重は良くわからないが、まあ1トンは軽く超えているだろう。

私の世界は狭かれど、それでも軍役にてアンハルト王国内を巡り歩き、ありとあらゆる騎士の馬を見た。

なれど、このフリューゲルを超える馬は何処に行っても見たことなどない。

「凄《すご》く大きい馬ですね。さすがアンハルト王国最強騎士の馬だけあります」

「15歳の時、フリューゲルは当時3歳であった。その頃から巨体であった私をよく支えてくれた」

私の数少ない宝物である。

髪飾りや指輪などは全て領民に与えてしまったため、亡き母親から贈られた物では唯一残っている物である。

いや、我が愛馬フリューゲルを物扱いするのは自分でも嫌だが、他に喩《たと》えようがない。

何と呼べばよいのかなあ、親愛を込めて呼ぶべきコイツを。

ヴィレンドルフ戦役の時など、フリューゲルが優秀でなければ私はレッケンベル騎士団長との一騎討ちにて負けていたであろう。

私の筋骨隆々たる身長2m体重130kgを超える体格、そして軍装を整えた重量を物ともせず、跳躍すら容易《たやす》く行うのが眼前の馬である。

まさに、愛馬。

そう呼ぶのがふさわしい馬だ。

私の顔にフリューゲルが鼻を擦り寄せてきて、私も頬を擦り付け、お互いにその感触を楽しむ。

「……賢い馬ですね」

「ああ、本当に賢い。馬は賢い生き物だ」

マルティナがその様子を見ながら、言う。

フリューゲルの事を褒められると、もう自分の事のように嬉《うれ》しくなってしまう。

ああ、それにしても、フリューゲルも、もう10歳となってしまった。

正直、まだまだ活躍してくれるであろうことはわかっている。

フリューゲルは特別だ。

この世界の人間には超人などと呼ばれる規格外の存在がいるが、それに倣うなら超馬と呼ばれる存在だろう。

だがしかし、だ。

「今後の世話を喜んで担当します。しかし、この馬、フリューゲルは結構いい歳《とし》ではないのですか」

「そうなんだよ」

マルティナが、我が心中を見抜いたように聞く。

いいかげんフリューゲルにも嫁を見繕ってあげなければならない。

できれば、新しい馬を飼うのではなく、このポリドロ領にて血を繋《つな》いでほしいのだ。

私の命の危ういところを綱渡りで繋いできてくれた愛馬だ。

ならば、その血脈を保ってやるのは相棒としての義務と言えた。

しかし、我が財政に新しい牝馬《ひんば》を買う余裕等《など》――いや、カロリーヌの反逆で受け取った報酬金を用いれば。

駄目だ、アレは領民の減税のために使うと決めてしまっているし。

悩む。

「そろそろ新しい馬を用意すべきです、と進言したいところですが」

マルティナが言い淀《よど》む。

まあ、この賢い子なら、私の返事くらい判《わか》るであろう。

「我がポリドロ領の財政ではなあ。何よりフリューゲルが良く食うしなあ」

馬の購入費は高いが、それよりなにより維持費がかかるのだ。

このファンタジー中世時代におけるエンゲル係数は高く、馬を働かせるとなれば人の何倍も食べさせねばならぬ。

我が愛馬フリューゲルはきっちり働いているのだから、その分食って当然の権利ではあるが、これがまた、よく食うのだ。普通の馬の三倍は平気で食う。

フリューゲルが餌をよく食べる光景は微笑《ほほえ》ましくもあるが、財政的には痛々しい。

これに加えて新しい馬を維持するとなると我が領地の財政が……

「何とかしないとなあ」

前から考えてはいる事なのだ。

悩みの種である。

第二王女殿下であるヴァリエール様にお願いしても、何とかなるわけなどない。

馬を新しく飼うのが一番早いとは理解しているのだが、愛馬フリューゲルにはどうしても血を継がせてあげたい。

どうしたものか。

そう、横のマルティナと一緒にうんうんと悩んでいると——

「ファウスト様、使者が訪れました」

「またか。手紙だろう？」

従士長のヘルガが訪れ、使者が来たことを伝える。

絶えず送りつけられてくるアスターテ公爵の弁明の手紙である。

王都から離れ、領地に帰った後に、アスターテ公が何を考えていたかを正直に書いた手紙はすでに受け取った。

下手に嘘《うそ》を吐《つ》かず、正直に話した方が私の心証が良いと判断したのであろう。

その感想は？

正直に言おう、真正のアホだろ、あの人。

いや、私のこの性格は良く理解してくれていると思うし、私がこの世界における普通の男の感性なら、それで落ちていたかもしれんので。

あながち、単純なアホとは言い難くはあるが。

私が助命嘆願のために暴走し、土下座まですると読めていたなら、それは智謀《ちぼう》の持ち主ではない。

ただの狂人と呼ぶべきであろうし。

だから、まあ正直に言ったのは感心しよう。

暴走も土下座も私自身がやったことだし、その点を恨むのも筋違いだ。

だが許せぬ。

「アスターテ公の手紙は一応開封して読む。だが返事はせず、そのまま送り返すこととしよう」

「宜《よろ》しいのですか?」

「構わん」

私の貞操を狙ったことはまあいいのだ。

そのために子供の、マルティナの命を、道具のように弄んだ事が許せない。

幼い子供の思考を誘導し、マルティナに、首を私に刎《は》ねさせるよう嘆願させたことが許せんのだ。

それだけが唯一許せない。

私は横のマルティナを眺めながら、幼いその身体《からだ》を見つめる。

だが、そのマルティナは――

「あの、アスターテ公の事について、私を思考誘導させた件ですが」

「何だ。私は許すつもりは無いぞ」

「私はもう許すも何も、別に恨んですらいないのですが」

あれ？

私は呆気《あっけ》にとられた顔で、マルティナの顔をまじまじと見つめる。

「いや、マルティナ。お前は、その命をいい様に弄ばれたのだぞ。憎くないのか」

「ファウスト様、貴方《あなた》は、貴方の行動を利用されたことについて、アスターテ公にお怒りですか」

「いや、それは怒っていない」

誘導されたとはいえ、それは自分の行動が稚拙であったからだ。

先ほども考えたが、暴走も土下座もアスターテ公を恨むのは筋違いという物であろう。

だが――お前は怒ってもいいだろう。

「ならば、それと同じなのです。私も怒ってはいませんよ」

「マルティナ。お前は幼い子供なのだ。その命をアスターテ公の都合で、アスターテ公のいい様に駒のように扱われた。ならば怒るべきなのだ」

「ファウスト様。私はあの場でファウスト様に首を刎ねられて死んだとしても、本気で悔いはなかったのですよ」

マルティナは、いつもの澄ました顔で言う。

「それに、ファウスト様から話を聞くところによれば、アスターテ公爵は元々助命してくださるつもりだったようですし、陪臣として取り立ててくれるつもりであったとも聞きます。あの場で死ぬべきであった私の命を、あの時点では唯一救おうと考えてくれた方です」

「それは……まあ、そうだが」

私も、自分に関係なくマルティナの首が刎ねられるようであれば。

この青い血としての騎士教育と、前世の日本人的道徳感が悪魔合体を果たした、この誉れはマルティナを当然のごとく見捨てていたであろう。

気まずくなって、思わずマルティナから視線をそらす。

私はヒーローでは決してない。

たとえ思惑があっても、マルティナの命を最初から救おうと考えていたのはアスターテ公のみだ。

それは確かに事実だ。

「それを知りながら憎むのは、人として恩知らずであると思うのです。結果を度外視で考えるべき事柄でありますし、私の個人的感情としましても憎んではいないのです」

マルティナは本当に賢い。

悟っているとすら言っても良い。

アスターテ公がその才能を惜しみ、助命することを本気で望むだけの価値はある子供だ。

本当に9歳児か、この生き物。

ボーセル領を継いでいれば、さぞかし良い領主になったであろうに。

私はマルティナの境遇に同情する。

周囲の大人が馬鹿者だらけで、この子の運命は狂ったのだ。

……私の騎士教育など拙い物であろうが、何とかこの子を立派に育て上げて――、領地の反逆者にして、虐殺者の娘。

そういった風評被害に負けない騎士にしてみせよう。

そう心に誓う。

だが、それは今考えるべきことではない。

「うーん」

アスターテ公はあれから毎週、換金しやすい贈り物を。

換金することを前提とした金品と一緒に、弁明と謝罪の手紙を送ってきている。

私の考えていた最大の被害者であり、怒っている原因であるマルティナにそうまで言われてしまうと、ちと考え直すところがある。

許すべきなのか？

「ファウスト様、そもそも、アスターテ公と仲が悪くなって貴方に何かメリットがあるのですか？　相手は銀山すら抱える、領民数も10万を超える公爵家の御領主様ですよ」

「うん。それを言われると弱い」

そもそも、領地規模とその権力に差がありすぎる。

アスターテ公が気安く、領民300ぽっちの私の事を我が戦友と公言してやまないのが異常なのだ。

そして、そんな相手がこうして、何度も謝罪の手紙を送って来ているのも、また異常である。

いや、アスターテ公が私の尻に異常な執着を――、

私を愛人として欲しがり、私の貞操を狙っている事は知っているのだが。

私のこの前世有り感性だと、別にそれはいいのだよなあ。

ポリドロ領を我が子が継いでくれない可能性があるから、立場的に愛人だけは困るのだが。

頬を両方の手で押さえて、欠伸《あくび》するように息を吐いた。

マルティナに客観的意見を尋ねる。

「……私の心が狭く思えるか？」

「いえ、利用されたんだから怒ってもいいとは思いますよ。ですが、ファウスト様の心の器はそれほど小さい物ですか？　相手は金品を贈り、誠心誠意を籠《こ》めた謝罪の手紙も何度も送ってきているのに？」

「うーん」

アスターテ公は正直に非を認めた。

金品も謝罪の手紙も、何度も送って来た。

なるほど、それでも許せないと激怒し続けるならば、こちらが狭量であろう。

もはや許すべきなのか？

悩みどころだ。

そういえば。

「公爵領は馬の産地としても有名だったな」

「というか、何でもありますよ公爵領。フリューゲルの仔《こ》の繁殖を依頼しますか？」

マルティナが、打てば響くように言葉を返す。

そこを落とし所とすべきか。

手紙にてアスターテ公にもう許す事を伝え、その代わりにフリューゲルの繁殖を依頼しよう。

そして仔馬《こうま》が産まれ、3歳までアスターテ領で育ったら、それをタダで譲り受けよう。

もう、これでよいか。

アスターテ公はヴィレンドルフ戦役での、大事な戦友だ。

だからこそ一時は本気で憎んだものだが、その過去を否定するのも、また嫌なものだ。

私は溜《た》め息《いき》を吐く。

「ヘルガ、予定変更。使者に手紙を受け取ると伝え、今回は返信を書くから屋敷で少し待つよう伝えよ。我が領地の恥にならない程度の、供応の準備もな」

「承知しました。それは承知しましたが……今回は更に別件が」

「別件？」

アスターテ公の手紙の使者ではないのか？

他に用件などあるはずもないだろうに。

「王都から呼び出しがかかっています。王族案件です」

「断れ」

ブチ殺すぞ馬鹿。

領地の保護契約義務としての軍役も、第二王女相談役としての役目も、今年の分は完全に終えているのだ。

私は疲れたのだ。

何故《なぜ》一か月もせん内に、王都に呼び出しをかけられねばならぬ。

マルティナの騎士教育もあるし、ポリドロ領の統治もあるのだ。

何故にこのような目に遭わねばならぬ。

「使者など来なかった。山賊に途中で襲われたのであろう。そのように取り計らいますか？」

ヘルガが剣呑《けんのん》な視線で、私の顔色を窺《うかが》う。

使者を殺すか。

そうしたいが、今回の使者にはアスターテ公への返事を持って帰ってもらわねば困る。

それよりなにより。

「公爵家クラスなら、使者など来なかった。その対応も可能かもしれんがね」

領主騎士とはいえ、私は領民３００ぽっちの弱小領主騎士だ。

政治的立場などゴミ屑《くず》のようなものである。

真面目に仕事をしているだけの使者を殺した上、それが王家にバレるリスクを背負ってでも悪事を働くメリットなど何処《どこ》にもない。

ええい、畜生め。

どうしようもあるまい。

「用件は聞いたか？」

「重要案件故、使者殿にも知らされていないようです。ただ王宮へ訪れよ。今回は第二王女初陣以上の兵を引き連れて、と」

「どう考えても、絶対ロクでもない案件だろ、それ」

不安要素しかないではないか。

断りたい。

クッソ断りたい。

どうして私なんだよ。

私には断る権利が明確に存在するはずだぞ。

使者に断りの手紙を持たせようか。

「ファウスト様、封建領主としての義務を果たしている以上、断る権利は確かにありますが、この場合は直接会って断らなければ失礼になります。間違いなく王命です」

「……」

マルティナが横で、私の考えを完全に否定する。

判《わか》っているよ此畜生《こんちくしょう》。

結局、王都に出向くしかないのか。

それも、前回以上の兵を引き連れて。

兵数は——30程度でいいか。

「ヘルガ。本当にすまんが、本当にすまんが今回もハードな状況になるのを覚悟してくれ」

「我々従士や領民は、ファウスト様にただ付いて行くのみであります。すぐに召集をかけます」

ヘルガには、幼い一人娘がいる。

今は夫を同じくする姉妹の子と一緒に、養育を頼んでいるが。

今回の軍役——その間に、その愛《いと》しい一人娘に、ヘルガは顔を忘れられていた。

ヘルガはぐずおれて泣いていた。

今はなんとか思いだしてもらえたが。

あれ、今回も繰り返す事になるのか。

正直キッツイぞ。

主に私の心が。

「ファウスト様、今回、私もついて行きますので」

「マルティナ、お前は領地でゆっくりしていてもいいんだぞ」

「主人に従うそれも、騎士教育の一つでありますので」

まだ9歳児をこんなハードな状況に従わせるのは心配だが。

それで、その間のマルティナへの騎士教育が手抜かりになるのも、心苦しい。

連れていくしかない、か。

「ふざけんなよ王家」

私は愚痴を吐きながら、静かに何かを諦めた。

第25話　交渉役任命

チンコ痛いねん。

だから、今までに何度も心の中で――言っているだけなので、通じるわけもなかったが。

いくらクローズドな場とはいえ、私と王族三人だけの場所とはいえ。

何でシルクのヴェールを一枚羽織っただけの姿で現れるのだよ、お前。

母親であるリーゼンロッテ女王と同じタイプかお前。

私はそう心の中で罵った。

裸体にシルクのヴェール一枚を羽織っているだけの、アナスタシア第一王女を酷《ひど》く罵ったのだ。

瞳孔は縦長のようにしか見えず、虹彩《こうさい》は人よりも小さく、美人ではあるが爬虫《はちゆう》類《るい》のような印象を他者に与えている。

一言で言えば「なんか人肉とか食ってそう」であった。

――そんな彼女のあられもない姿は、かえって酷く私の性的な興奮を誘った。

恐怖と性的な興奮が入り混じっているのだ。

それを知らずして対面の長椅子にて、彼女と一緒に座るアスターテ公爵が口を開く。

「まずは、先に話をさせてもらうぞ。ファウスト、マルティナの件は本当に申し訳なかっ

た。本当に彼女を害する気など欠片《かけら》もなかったのではあるが、お前に私への興味を『そそらせる』ために利用しようとしたことに関しては、謝罪する以外にない」

鬼のような切れ目、赤毛の長髪を後ろに流した編み込みであり、乳はアルプス山脈のように大きい。

そんな相変わらず超美人のアスターテ公爵が謝罪する。

詫《わ》びを入れたいと思うなら、アナスタシア第一王女にその恰好止《かっこうや》めさせろや。

お前の顔を目にするたびに、その横の人物の美乳が目に入ろうとするんだよ。

というか、どうしても視線がそちらにいくのだ。

王家一族の特徴たる赤毛のアナスタシアの長髪が、なんとか乳首を隠してくれてはいるが。

逆にそこだけ見えない方が、興味を『そそる』。

金属製の貞操帯に、勃起が衝突し、痛みを発生させ、眩暈《めまい》を起こす。

何で私がこのような目に。

すでに済んだことととして、会話を流そうとする。

「謝罪は結構です。手紙でも使者の早馬で、すでに伝えたはずです。もう許したと」

「そうは言っても、直接の謝罪とは別だろう。あらましは、すでに伝えたとおりであるが、本当に申し訳なかった。ファウスト」

アスターテ公が頭を下げる。

どうでもいいから、アナスタシア第一王女を止めろや。

そんな事はもうどうでもいいのだ。

「……怒りは、妥当であると思う。だが、その怒りは何とか収めてほしい」

アスターテ公が本気で悲痛の色に表情を染めたままに、謝罪する。

ああ、私の顔は憤怒の色に、真っ赤に染まっているのか。

これは違うぞ。

言い訳一つすらできないが、それは違うのだアスターテ公。

もうお前は許している。

「これは貴女《あなた》への怒りでは無いですよ、アスターテ公爵」

勘違いされているなら、丁度良い。

この怒りは、アスターテ公への物ではない。

凄《すご》くチンコ痛いからであることが大半ではあるが。

後は、人を都合の良い駒のように考えている王家への怒りだ。

こちらにだって都合があるのだぞ、王家よ。

いや、アナスタシア第一王女よ。

今回、お前の用件だって聞いたぞ。

何でか、もういつもの精一杯背伸びしてお洒落《しやれ》してみました程度の子供にしか見えぬ、ヴァリエール第二王女も私の傍《そば》にぽつんといるがな。

可愛《かわい》らしくはあるが、私はロリコンではないのだ。

私は彼女に性的な興味などひとかけらも存在しなかった。

「その、ファウスト……お願いだから落ち着いて」

そもそも貧乳だしな。酷く貧しい身体《からだ》をしている。

まるで地平線の見えない大荒野であり、起伏など無かった。

美乳のアナスタシア第一王女と、爆乳のアスターテ公とは違うのだ。

その二人の乳が私を苦しめている。

そんなに私のチンコを痛めつけて楽しいか。

私の怒りに怯《おび》えるようにして、本当に申し訳なさそうにアスターテ公は謝罪の言葉を紡ぐ。

「うん、そうだ。そうだな！　お前の要求は全て受け入れることとしよう!!　お前の愛馬フリューゲルの繁殖は我が領地にて承ろう。今回の役目を終えてからになるがな。そうそう、単に優秀な牝馬《ひんば》への種付けではなく、他の沢山の牝馬にも種付けする方がいいよな？　その中で、一番優秀であった仔馬《こうま》をファウストに贈ろう。もちろん、他の牝馬への種付け料も支払うぞ？　何せアンハルト王国最強騎士の、最強馬の種だしな。相当な額を支払うぞ」

「それで不満はありません。フリューゲルも子孫が増えて喜ぶでしょう」

本音を言えば『お前にこの場で種付けしてやろうか』である。

心の中で罵りの声を上げる。

ぷい、と顔を背けながら。

アスターテ公の横にいる爬虫類系美人の美乳を目にしないようにしながら、横に座るヴァリエール第二王女のみを見つめる。

その胸には何も存在しなかった。

大海原のように何もない、心など波立たぬ静かな海であった。

我が心の平穏は、この場でこの人物だけだ。

「あの、ファウスト。何で私を見つめるの？」

「本日この場にては、私が相談役を務めるヴァリエール第二王女以外に目を向けたくは無いのです」

これで、私の不機嫌具合はアナスタシア第一王女に伝わるか。

それは微妙であるが。

少なくとも私は今、アナスタシア第一王女の顔に、その下にある美乳に視線を向けたくはない。

「アスターテ公爵。お前の謝罪である一件、その話は終わりか」

アナスタシア第一王女が、アスターテ公爵へ話を向ける。

その目は人食いのように鋭く、さっさと本題に移りたいと言いたげであった。

「はいはい、話は終わりましたよ。後は王家からの話をば。最初に言っておきますが、私は反対の立場ですからね」

アスターテ公爵が、その爆乳をぶるん、と揺らしながら、両手を空に向ける。

やめろや、本気で犯すぞお前。

この貞操逆転世界観にて、たとえ男が女を犯すのが異様な光景だとしてもだ。

私はもはや、そんな事知った事じゃないんだ。

本気でお前等《ら》を犯すぞ。

今の私は何をするか自分でも判らないぞ。

「ファウスト・フォン・ポリドロ卿《きょう》よ。話がある」

「はいはい。謹んでお断りいたします。もう帰ってもよろしいか?」

私はアナスタシア第一王女の話を、謹んでお断りした。

内容は聞かない。

聞くまでもない。

私は領地の保護契約の義務も、第二王女相談役としての役目も、完全に終えているのだ。

王家のワガママなど聞く理由が無い。

おうち帰る。

「せめて、話ぐらいは聞いてから断れ!」

「聞きたくないんですが」

アナスタシアがその美乳をヴェール一枚ごしに晒《さら》しながら、私の顔を見つめてくる。

私はといえば、いつも通りのおっかない視線に目の焦点を重ねた。

そうしなければ、アナスタシア第一王女の美乳が視界に入るからな。

「用件は、はっきり一言で言おう。ヴィレンドルフ王国との和平交渉だ。その使者をお前に任せたい」

「何で私が？　それは法衣貴族の仕事でありましょう？　いえ、よしんば封建領主に任せるにしても、私では格が低すぎます」

何が悲しくて、アンハルト王国とほぼ同国力を有する七選帝侯家の一人たる、ヴィレンドルフとの和平交渉の使者に立たねばならないのだ。

それは法衣貴族の仕事であろう？

決して領民300名足らずの地方領主の行う仕事ではない。

下手すれば、相手は馬鹿にされたと考えて私の首を刎《は》ねるぞ。

そして再戦争だ。

いや、ヴィレンドルフの価値観なら、それは無いと私も知っているがな。

私はあの国で英傑に値する。

粗雑に扱われる事は決してあるまい。

「法衣貴族は役に立たん。梨《なし》の礫《つぶて》だ。ヴィレンドルフは、我々アンハルト王国の王軍の大半を北方の遊牧民族対策に充てていることを知っている。ヴィレンドルフ方面が脆弱《ぜいじゃく》になっている事を知っているのだ。相手にはせん」

聞きたくない言葉を聞いた。

これが他人事《ひとごと》であればよかった。

で、あるが、他人事ではないのだ。

騎士見習いとして同席させて背後に立たせている、マルティナへと視線を向ける。

マルティナは沈黙している。

この場における発言権は無いからだ。

正直、政治的見地に乏しい私には何かアドバイスが欲しいところだが。

「……」

私は必死に考える。

我が領地たるポリドロ領は、蛮族ヴィレンドルフの国境線にほど近い。

だからこそ、こうやって軍役を必死に果たし、アンハルト王国との保護契約を保持してきたのだ。

我が領地が、蛮族に襲われる？

それだけは御免だ。

我が領地は、我が命に代えても守るべきものだ。

私にはポリドロ領の領主騎士として、亡き母親から、その祖先から引き継いできた立場として、領地を守る義務がある。

「ファウスト、これはお前にとっても関係がある話、だとは思うのだが……」

「思うのだが？」

私は語尾を強くし、訴える。

だからといって、総責任を――、
ヴィレンドルフ対策への総責任を任される立場では決してないはずだ。

これは王家と法衣貴族が解決すべき問題のはずであろう。

そうでなければ私が領地の保護契約のために、必死に軍役をこなしている意味が無い。

何度も言うが、王家が後見として私の領地を守ってくれるという契約だからこそ、こちらは軍役を果たしているのだ。

それ以上を要求するのであれば契約違反だ。

「もちろん。もちろんだ。当然の事ではあるが、お前の動員した領民の全て、今回は30名であったか？　その動員費用の負担は我が王国が背負うし、そのヴィレンドルフの和平交渉が成り立った際の報酬も考えている」

「ほう」

梟《ふくろう》のようにふざけて鳴いて、相手にするまいと思った。

その額はいくらかね？

どのような額が書かれていても動く気など無いと、そう思うが。

「よく見ろ。アンハルト王国は吝嗇《りんしょく》極まりないことで有名だが、ちゃんと必要な時には必要な額を支払う」

アスターテ公爵から羊皮紙を渡され、その試算額に目を疑う。

何度眺めても、カロリーヌ反逆の報酬金よりも桁数が一つ多かった。

「……うーん」

私は思わず悩ましい声を上げる。

悪い額ではない。

もはや我が領地の10年減税どころか、我が世代において、ずっと領地の減税政策すら行えるほどの額だ。

まあ、それが当たり前になってしまうと、次代の当主が困るのでやらないけれども。

額としては、正直眼《め》が眩《くら》む程の額だ。

そう、眼が眩む。

勃起すら萎えて、チンコの痛みが治まるほどに。

それは良い事であるが、もうそんなことでふざけている場合ではない。

いやいや、待て待て。

それだけ厄介な、難事であるという事だぞ、今回の役割は。

「事前に交渉した、法衣貴族達《たち》による反応はどうだったのです」

私は状況を冷静に判断する。

アナスタシア第一王女は答えた。

「弱き者どもから出た、弱き者どもの言葉は信用できぬ。領地を立ち去るがよい。そう、取り付くしまもない有様であった」

「要するに、何一つ進展していないと」

だろうな。

ヴィレンドルフにとっては有利な状況だから引く理由がない。

いくら、アナスタシア第一王女とアスターテ公爵と私が、倍軍にあたる一〇〇〇の兵を追い返したとはいえ。

あれは、本当に三者の能力が総合的に重なり合って奇跡を成した、偶然の出来事だったからな。

前線指揮官であるレッケンベル騎士団長を良いタイミングで討ち取れたから、奇跡的に勝ったようなものである。

次は絶対成功しないと思うわ。

多分、いや、確実に負けると正直な感想を抱く。

アスターテ公が逆侵攻を行い、たまりかねたヴィレンドルフがようやく停戦条約を結んだのだ。

今はその停戦条約の期間中であるが――いかんな、それはもうすぐ切れる。

あと半年も残っていないではないか。

残念ながら、このファウスト・フォン・ポリドロは馬鹿ではなかった。

国が置かれている状況にも、ヴィレンドルフに国境線が近い自領の状況も理解していた。

このままだと、詰む。

しばし、悩む。

このままだと、我が領地もヴィレンドルフの、あの蛮族の侵攻に遭う。

アスターテ公爵の常備兵500とリーゼンロッテ女王の軍は、ポリドロ家との保護契約をしっかり守ってくれるであろう。

ヴィレンドルフに対抗してくれるであろう。

ではあるが。

正直、期待できるものではなく、今度こそはまあ負けるだろう。

その予測が、三者の間ではすでに雰囲気が漂っていた。

あれは、ヴィレンドルフ戦役で勝利できたのは、もはや偶然の産物としか思えない。

三者の誰が欠けていても、負けていた。

そんな地獄の戦であった。

「私にどうしろというのです」

目を瞑《つぶ》り、軽いイラつきを覚えながらに吐き捨てる。

「最初に言った通りだ。ヴィレンドルフに赴き、和平交渉を成してくれ。最低でも10年は欲しい」

「10年……こちらが譲歩できる条件は？」

「そもそも攻め込んで来たのはあっちで、最後に攻め込んで勝利したのはこっちだ。そして停戦した。譲歩できる点などほぼない。せいぜい、アスターテがあちらに攻め込んだ際に掠奪《りゃくだつ》した私財の返却を確約するぐらいだ」

その条件で交渉しろってのかよ。

キツイなあ。

体面上は勝った以上、条件をそう簡単に譲歩できないというのは判《わか》るが。

ああ、面倒臭い。

だけれど、なあ。

やるしかないよなあ、コレ。

そして、多分、私以外に、妙にヴィレンドルフで英傑視されているらしい私以外に、交渉できる人材もアンハルト王国にはいないのだよなあ。

それが理解できるのが、この身の最大の不幸だ。

ちっ、と舌打ちをする。

「承知しました。他に手は無い。だからこそ私を呼んだのでしょう」

「引き受けてくれるか」

ほっ、と息を吐《つ》きながら、アナスタシア第一王女が胸を実際に撫《な》で下ろす。

だから、ヴェール越しに、その美乳に触れるのは止《や》めろ。

勃起するだろ。

「引き受けましょう。但し、報酬の方は宜《よろ》しく。あと、交渉が確実に纏《まと》められるとは到底保証できません。その際の、ヴィレンドルフ対策も同時に考えておいてください」

「もちろん、それは承知している。あの遊牧民族どもめが居なければ、このような事には」

ヴィレンドルフも同じように、北方の遊牧民族に困らされていたはずであるが。

確か伝え聞く話では、私が一騎討ちにて討ち果たしたレッケンベル騎士団長が、遊牧民族をボロ屑《くず》のように叩《たた》きのめして、国家全体に余裕ができたらしいのだよなあ。

結果、余った戦力で我がアンハルト王国に攻め込んできて、ヴィレンドルフ戦役が巻き起こった。

他にも色々と思惑はあったのだろうが、迷惑極まりなかった。

「ヴィレンドルフへの使者は私のみですか？」

「できれば、私が行きたいところであるのだが……」

「さすがに御身が行くわけにもいかんでしょう」

第一王位後継者が敵地へと？

悪い冗談だ。

だが、私だけでは名が弱い。

アンハルト王国最強騎士とはいえ、僅か領民300足らずの弱小領主騎士では弱い。

アスターテ公はヴィレンドルフへの反撃にあたってやりたい放題しており、「皆殺しのアスターテ」として悪名が高いので無理。

誰か、適当な――

「私が立候補するわ。いや、嫌だけど、もう本当に嫌だけど、私がこの場に呼ばれたのって、そういう意味でしょう？」

私の横で、ヴァリエール第二王女が手を挙げた。

ああ、だからこの人も呼ばれていたのか。

うん、王国の継承者たるアナスタシア殿下が行くのは拙《まず》いから、別に死んでも困らないヴァリエール殿下が行けという意味以外の何物でもなかった。

何一つ王家の行動として間違っていないが、酷《ひど》いもんだな。

「まあ、そうなるであろうな。今のヴァリエール姫なら、役目も果たせるだろ」

アスターテ公が溜《た》め息《いき》を吐く。

正使がヴァリエール第二王女で、副使が私ことファウスト・フォン・ポリドロか。

これで表向きの恰好《かっこう》はついたな。

「だが、私は今でも反対なのは、お忘れなく。ファウストを敵地にやるなど」

「お前の反対の立場は判っている。私も本音では反対だ。だが、他にどうしようもないのだ」

アスターテ公の物言いに、アナスタシア第一王女がしゃあないだろと言いたげに答える。

いや、実際どうしようもないよなあ、これ。

心の中で同意する。

心底、行きたくはないけれど。

自分の副使としての立場に反対しながらも、アナスタシア第一王女の判断には同意するしかなかった。

ああ、ヴィレンドルフ行きたくねえ。

最後に、もう一言だけ心の中で呟《つぶや》いた。

第26話　全身鎧の下賜決定

「無茶苦茶に怒ってたな。いや、最後には落ち着いて話を聞いてくれたし、聞き入れてもくれたが」

「私の事も許してもらえたから、とにかくよかった」

私は長い付け爪を外した後、両手を組んで大きく手を伸ばした。

ファウストと、その騎士見習いのマルティナと、妹であるヴァリエールが席を立ち、ヴィレンドルフへの遠征準備を開始するため去った後である。

横に座るアスターテが立ち上がり、ファウストの座っている場所に尻を付けた後に深くため息をついた。

コイツ、自分の尻でファウストの尻のぬくもりを感じようとしているのではなかろうか。

まさかな、そんなことはな、それをやったら人として終わりじゃないか。

いくらなんでも気持ち悪すぎるだろう。

そうは思うが、疑惑は隠せない。

アスターテは本物の変態であるのだから。

だが、まあ会話の本軸ではないので、とりあえず必要な話題を口に出す。

「やっぱり、１か月で自分の領地からとんぼ返りは怒るか。怒るよな。とはいえ、もはや、これ以上ヴィレンドルフの案件を棚上げしておくわけにもいかんだろう」

「今更だが、やはりどうしようもないのか。法衣貴族ども、ちゃんと仕事してるのかよ」

「してるさ。ちゃんと人選も私がした」

母上、リーゼンロッテ女王からは、ヴィレンドルフ対応は私に一任されている。

できるだけヴィレンドルフが侮らないような、交渉も武芸も出来る上流の法衣貴族を。

その武官を送り付けたが、やはり「弱き者の言葉など聞かぬ」扱い。

もはや、ぐうの音も出ないくらいの「強き者」を送り付けるしかない。

ファウストは、ヴィレンドルフでは間違いなく強き者に値するだろう。

心配なのは――アスターテが、私の心中を読んだように呟く。

「ファウスト、襲われるだろうなあ。いや、ヴィレンドルフが寝込みを襲うとは思っていないが、正面から決闘を大量に挑まれるだろ」

「挑まれるだろうな。それをクリアしてもらわねばならんが。まあ、その辺は心配無用だろう」

それが一騎討ちであるならば、100連戦して100勝するのがファウスト・フォン・ポリドロという男だ。

アイツが負ける姿など想像もつかない。

本人曰《いわ》く、ヴィレンドルフの英傑であるレッケンベル卿《きょう》だけは本気でヤバかったと呟いていたが。

今はその英傑さえも、ファウスト自身の手で倒された。

何も問題は無い。

「でもさあ、ファウストはそれだけじゃないだろ。背は小さく、肌は陶磁器のように磨かれて筋肉も少ない男こそが魅力的とされるアンハルトとはまるで違う。筋骨隆々の姿。身長2mを超える大柄な体躯《たいく》。そして英傑としての武力。どれをとってもヴィレンドルフで美徳とされる好みの塊がファウストだ。絶対口説かれまくるぞ」

「完全無欠のセックスシンボルみたいな扱いだろうな、ヴィレンドルフでは。何と言うか、歩くセックス？　だからこそ、丁重に扱われる事を期待して送り出すわけだが……」

正直、ファウストの貞操が心配である。

だが、ファウストは身持ちが堅い男。

そう簡単に、誰かに股を開くとは思わない。

とはいえ、心配ではある。

その身が誰かに汚されるかと思うと、発狂しそうになる。

だが、もうどうしようもない。

すでにファウストをヴィレンドルフに使者として送る話は決定してしまった。

ドアから聞こえる、ノックの音。

「誰だ」

「私です。お茶をお持ちしました」

「ああ……丁度、喉が渇いていたところだ。入ってくれ」

第一王女親衛隊の親衛隊長が、部屋に入ってくる。

その手のプレート上には、二人分の茶が用意されていた。

卓の上にそれが置かれ、お互いにカップを手にする。

アスターテが茶の香りを楽しみながら、再び口を開く。

「けっきょく、どうなのよ。ヴィレンドルフは停戦期間終了と同時に、ウチに攻め込んでくると思うか」

「何とも言えん。レッケンベル卿不在の影響がよくわからんのだ。ヴィレンドルフの女王の内心が摑《つか》めぬし、内偵もイマイチ……戦争準備はしていないようだが。あの国は戦を起こすとなると、国民が即応するからな。すぐ戦時体制に入れる国だ。油断は一切できん」

ファウストは、本当に良い仕事をしてくれた。

レッケンベル卿。

まさに悪名高いヴィレンドルフの怪物と呼べる代物を倒したのだ。

今のヴィレンドルフ女王、それが第三王女であった時代はその相談役となり、遊牧民族対策に奮戦。

いや、奮戦どころか、何もかも一方的に叩き潰してしまった。

部族の幾つかは、族滅にまで至らしめたと聞く。

その手段は、遊牧民族のコンポジット・ボウの射程すら超える、魔法のロングボウによ

せる族長、次に弓手の射殺。

その後は自らが陣頭に立ち、騎兵突撃による一方的な遊牧民族の虐殺。

話を聞けば、やり方はまあできぬこともない。

ヴィレンドルフの騎兵は、正直言ってアンハルト王国のそれより強力だし。

だが、言うは易《やす》く行うは難し。

当国ではマネが出来ぬ。

そもそもワンショットワンキルで、レッケンベル騎士団長がその弓矢を戦場で外した事は一度も無いとまで、ヴィレンドルフ方面から流れてきた吟遊詩人の英傑詩では謳《うた》われている。

この世にはたまに出るのだ、ファウストのように訳の分からないレベルの超人が。

ファウストが殺してくれて、本当に良かった。

「レッケンベル卿は武力にも優れていたが、戦略にも、政治的にも優れていた。確か、母上と同世代だな。母上はアレとよく比較をされたなどと愚痴を漏らしていた」

「ああ。第三王女であった女を教育、強力に補佐し、女王にまで押し上げた女でもある」

蛮族、ヴィレンドルフの女王は、他の貴族階級社会とはシステムが異なる。

いや、ヴィレンドルフという国家そのものにおいて、青い血の後継制度が長子相続ではないのだ。

その限嗣相続は決闘で決まる。

姉妹同士が決闘しあい、勝った者が全てを得るのだ。

負けた方の姉妹は大人しく家長となった者の補佐をするか、それとも家を出ていくかだ。

それで恨みっこなし、というかいっそ清々《すがすが》しさを感じさせるほど、というか……よくそれで国がまかり通っているよな、と疑問を感じさせる制度だ。

文化がアンハルト王国と、余りにも違い過ぎる。

まあ、補佐をする者は食べてはいけるし、家を出ていくことを選んだ相手にも、もはや青い血は名乗れぬといえ食べていく道ぐらいは保障する。

その程度の義務が相続者にはあるというか、普遍化した常識が存在し、それを外れた者は青い血としては見なされない。

そのような、我が国から見れば妙ちくりんな価値観で国家が形成されている。

まあ我が国と同じく、ヴィレンドルフの代替わりは早い。

およそ長姉が20歳前後になった際には当主としての相続が行われる。

よって、長姉が勝ち易く、下の妹であればあるほど負ける可能性は自然と高くなる。

幼いからだ。

だが、ヴィレンドルフの女王は末子、第三王女でありながら勝利した。

当時14歳であったらしいが。

これもレッケンベル卿の薫陶あってのものであろうなと考える。

ともかくも、ヴィレンドルフ戦役を思い返すと、気持ちがしんどくなるのだ。

勝ったにも拘《かか》わらず、時々悪夢さえ見る。

「なあ、アスターテ。お前、ヴィレンドルフ戦役で幾度死んだと思った」

「想像もつかない。アナスタシアの本陣が襲われた時が一度目、それで焦って常備軍の統率を乱したときが二度目。そこから先は、ファウストによる一騎討ちの勝利後のことは、終始有利に進めたつもりであるが、というかそうじゃなきゃ勝ててないんだが」

アスターテが、茶を一口飲み、合間をおいて、答える。

「まあ、30回は、ああ、これは今日こそ自分は死ぬんじゃないかなと思った。ファウストと一緒に最前線だったし」

「そうか」

私が死ぬと考えたのは、本陣に攻め入られた時。

その時と、度々最前線のアスターテとの通信が不通になった時。

ひょっとして私はこの初陣で死ぬのではないか、と本気で覚悟をしたのだ。

その二つだけではなく、考えれば数え切れない。

よく勝てたもんだな、あの戦役。

だからこそ、次は勝てない。

勝てるイメージが、私やアスターテ、そしてファウストの三者にはどうしても浮かばないのだ。

だが、しかし、だ。

「本当に、ヴィレンドルフの女王が何を考えているのか判《わか》らん。相談役であったレッケンベル卿を失い、もはや我が国と戦をする気等《など》無くしているのか。それとも復讐《ふくしゅう》に心を燃やしているのか。北の遊牧民族対策は、何部族か族滅するにまで至ったとはいえ、完全に終わったわけではない。そちらへの対策は今後どうするつもりなのか」

何も判らない。

ちゃんと内偵はしているのであるが、どうにもヴィレンドルフの防諜《ぼうちょう》は優秀である。

今の状況では——我が国の法衣貴族どもが女王との謁見すら叶《かな》わず、ほぼ門前払いの時点では何も判らないのだ。

「案外、こっちのリアクション待ちという事も有り得る」

「というと？」

アスターテの意見を聞いてみる。

「ひょっとして、ファウスト・フォン・ポリドロ待ちだったとか」

「まさか」

我々が上手《うま》く踊らされたというのか。

その可能性は理解できるのだが。

そこまでファウストに執着するものか？

「判らないぞ。ファウストという人物は、ヴィレンドルフの価値観にとっては本当に特別な存在だ。容姿は完璧、闘う姿は美しき、非の打ち所がない完璧な玉のような存在だ」

「その玉を通して、我々のリアクションを図っていると？」

「アンハルト王国、侮りがたしと受け取れば、戦争回避。所詮噂《うわさ》先行、このようなものかと受け止められれば、戦争再開」

バカげた話だ。

アスターテが下手な口笛を吹きながら、おちゃらけた姿で言いつのる。

「でもさあ、案外間違ってない予測だと思うぞ。全てはアンハルトのリアクション待ち。それから全て決める！」

「ヴィレンドルフ側も、こちらの行動の予測がつかないということか？」

「そういう事。何だかんだ言って、我々は勝利した。私はヴィレンドルフに皆殺しのアスターテなんて言われる程の報復も果たした」

土地を奪い取るのではない。

アスターテはヴィレンドルフの村々を襲い、ありとあらゆるものを略奪し、更地にした。

そのヴィレンドルフでの悪名は計り知れない。

まあ、アンハルトも、ヴィレンドルフに似たような事をやられているから、正当な報復ではあるんだが。

「今、アンハルトは北方の遊牧民族対策に、王軍の多くを割いている。各地方領主の軍役もだ。だからヴィレンドルフ対策に軍の多くを割くことはできない」

「それはヴィレンドルフも知っている事だ。だから私は再戦を恐れている」

「だけど、ヴィレンドルフではレッケンベル卿《きょう》がボロ屑《くず》のようにそれを叩《たた》きのめした経緯もあり、アンハルトがそれをできないとまでは考えない」

「ふむ」

私達《たち》がヴィレンドルフの全てを理解できないように、相手もアンハルトの全てを理解できないだろう。

それは判る。

「つまり？」

私はアスターテに尋ねる。

「だから、リアクション待ち。全てはファウスト・フォン・ポリドロに懸かっている。ヴィレンドルフ女王はその姿を見て、今後の全てを決める。あながち、この予想は間違ってないと思うんだよねえ」

「うーむ」

案外、そうなのかもしれない。

相手の頭の中までは、たとえ希少な魔法使いでも読めない。

判断材料があるとすれば――それは英傑レッケンベルの保護下に置かれていた、その幼少期から構築されたヴィレンドルフ女王の価値観。

「我がアンハルト王国の英傑、ファウスト・フォン・ポリドロを見て、それから何もかもを決めると」

「そうさ。私ならそうする」

アスターテは、仮に自分がヴィレンドルフ女王ならばそうする。

その思考をトレースして、そこに至ったか。

我が相談役、我が片腕アスターテよ。

今回は、お前の智謀《ちぼう》を認めるとしよう。

「では、なおさらファウストにみすぼらしい恰好《かっこう》をさせるわけにはいかんな」

「あのチェインメイル姿か？」

格式ばかりに気を取られ、金のない貴族など珍しくもない。

そして弱小領主騎士であるファウストは本当に裕福ではない。

だからチェインメイルなど着ている。

「私の歳費で、アイツ用のフリューテッドアーマーを製作しよう。宮廷魔法使いによる、軽量化や強度の付加も」

「間に合うのか？　使者に向かわせるまでの時間が無い」

「鍛冶師など何人使ってもいい。一か月で間に合わせる」

無茶苦茶な。

アスターテがそんな顔をする。

だが、これは必要な事だ。

ファウストを、我が国の英傑をチェインメイル姿でヴィレンドルフ女王に会わせるのは、アスタ一テの話を考えると拙《まず》い。

我が潤沢な歳費を用い、鎧《よろい》一式を仕立てる。

これは好都合だ。

その事情が事情故、財務官僚にも文句を言わせず、ファウストの好感度を買える。

「アナスタシアさあ、これでファウストの好感度が買えると思ってないか。いや、確かにファウストの好感度はお金で買えるんだけどさあ。その心の深層までは売ってくれないんだよ」

王家の、第二王女相談役としてファウストに与えられた下屋敷。

そこを常に監視し、ファウストの嗜好《しこう》と傾向を隅から隅まで理解している——くだんのマルティナ助命の際にはそれでも読み間違えたが——そのアスタ一テが、忠告する。

だが、しかしな。

「これは必要なことだと思うし、それにだ。私なんかファウストに嫌われてないか？」

「いや、戦友だとは思われてると思うよ。死地の最前線に送った相手とはいえ、アナスタシアも苦労してることをファウストは理解してないわけじゃない。だけど、お前さあ、怖いんだよ」

「怖い？　何が？」

アスタ一テの言いたいことが判らない。

「目が怖い」

「それだけで嫌われるわけがないだろうが！」

「実際、妹のヴァリエールに最近まで怖がられてたじゃん！」

ああ言えば、こう言う。

「それはヴァリエールに問題があるのだ！　本当に子供の頃から私を怖がりよって！　最近は姉さまと逆に妙に懐いてくるようになって可愛《かわい》いが」

「ああ、可愛いと思えるんだ。姉妹仲が改善されたのは何よりだけどさあ」

アスターテが呆《あき》れた顔で、私とヴァリエールの姉妹仲に口を挟む。

ほっとけ。

同じ父の、血の繋《つな》がった妹なのだ。

そうと一度認めてしまえば、可愛くないわけないだろ。

別に王位を争う気など、ヴァリエールには欠片《かけら》も無いことなど昔から知っている。

将来は、僧院になど追いやらず、ちゃんとどこかの世襲貴族家を相続するために送りだしてやりたい。

それが私のせめてもの愛情だ。

「まあいいや。もういいよ。とにかく、魔法のフリューテッドアーマーなんか与えた日にゃ、そりゃファウストは大喜びするよ。でもそれで股を開いてくれるとまでは思わない方がいいと思うよ」

「思うか！」

どんなハレンチな事を考えているんだ。

私はこれをいい機会にして、ファウストの好感度を稼ぎたいだけ。

そしてヴィレンドルフとの和平交渉を上手く運びたいだけ。

ただそれだけだ。

アナスタシア第一王女は、はあ、と溜め息《ためいき》をつき、すっかり冷たくなったカップの茶を飲み干した。

第27話 マジックアーマーの製作風景

第一射は、600m先、丁度立ち塞がる騎士を斬り捨てた辺りであったと思う。

飛んできた矢のそれを、半ば反射的にグレートソードの柄《つか》で防いだ。

防がなければ、私の装備しているチェインメイルの胸元を射貫《いぬ》き、私は死んでいたであろう。

やや残る腕の痺《しび》れが、その矢の強烈な威力を示している。

「そっちか」

私は方角を摑《つか》んだ。

あそこに、私が葬るべき敵、討ち取る事でこの死地からの脱出を可能とする前線指揮官が居る。

そう戦場の嗅覚が促した。

愛馬フリューゲルも鼻先を向け、あっちだ、あっちだ、と促している。

戦場のフリューゲルは私より賢い。

それも、騎士と騎馬、互いの意見は一致しているのだ。

フリューゲルのそれに、黙って従う。

私は吶喊《とっかん》する。

第二射。

それを、グレートソードで切り払う。

邪魔だ。

この射手、化け物のような腕前だぞ。

問答無用といった感じで、強烈な矢を私の額目掛けて射てきた。

だが、無駄である。矢を切り払うなど、超人の常識よ。

これ位できなければ、戦場で生き抜いていけるものか。

私は過去の軍役で、当たり前のように山賊がクロスボウを所持していた事を回想する。

なんで山賊風情がクロスボウを持っているんだ。

ひょっとして、家督を継げなかった青い血崩れだったのか?

そう疑問に思うが、今はどうでもいい。

クロスを。

そう絶叫する、私の声。

我が領民の従士達5名が、今までの軍役で、山賊から鹵獲《ろかく》してきたクロスボウの矢を敵に解き放った。

チェインメイルをぶち抜き、倒れ伏すヴィレンドルフ騎士の5名。

やはりクロスボウは強力だ。

第三射。

鬱陶しい。

グレートソードの柄で受け止める。

第四射。

第五射。

第六射。

第七射。

第八射。

いいかげんにしろよ。

山賊の矢など鬱陶しいだけだが、この矢は力強く、恐ろしい。

私はそれをグレートソードの刃で、柄で、それを打ち払う。

カイトシールドなんぞ持たずとも、私にはそもそもそれが必要ない。

先祖代々受け継がれた、グレートソード一本のみで矢は跳ね返せる。

この弓手、化け物だな。

私と同じ超人の類か。

その感想を抱きつつ、やがて無駄だと悟ったのか——いや、単純にこの矢を放つ先に行きついたのか。

やがて、私とその領民達は、敵騎士団の中枢に辿《たど》り着く。

「ヴィレンドルフの騎士団長よ、一騎討ちを申し込む!!」

私の名乗り声。

それに応じたロングボウの射手、ヴィレンドルフ騎士団長——レッケンベル卿《きょう》。

嗚呼《ああ》、彼女は確かに強かった。

間違いなくヴィレンドルフの英傑であった。

生涯に相手をした騎士の中で、間違いなく最強であった。

後一年。

後一年早ければ、私の方が負けていたであろう。

たった一年の鍛錬と工夫の差で、私が勝利した。

あるいは、彼女の才能が指揮官としての軍事に偏っているのではなく、私のように武力に全振りであれば。

負けていたのは確実に私の方であったであろう。

才能の多寡なれば、間違いなく彼女の方が多かったのだから。

そんな事を、横にいるマルティナに零《こぼ》す。

「英傑詩そのもののお話で、まさに英傑同士の勝負と言えますが。何故《なぜ》そんな話を突然」

「いや、暇でな」

私は今、王都の鍛冶場にいた。

マルティナを騎士見習いとして引き連れて訪れた鍛冶場にて、マルティナにヴィレンドルフ戦役での——レッケンベル卿が如何《いか》に強敵であったかの話をする。

その目の前で、パチパチと拍手をする商人。

イングリット商会。

アナスタシア殿下は、私用のフリューテッドアーマーを準備するにあたって、私の御用商人であるイングリット商会を指名してくれた。

なかなかの気配りを見せてくれる。

イングリットは大型注文にご機嫌だ。

「いやー。手配の値段の方は大分勉強させて頂きましたが、フリューテッドアーマー一式の手配となるといい値段になります。それを先払いで支払ってくれるとは。さすが第二王女相談役ポリドロ卿」

「今回の支払いは、全てアナスタシア第一王女様の歳費で出るわけだから、第二王女相談役は関係ないけどな」

そうイングリットに返す。

まさか、アナスタシア殿下が私用のフリューテッドアーマーを買ってくれるとは思わなかった。

それも、費用は今回の成功報酬とは完全に別口で。

さすが第一王女の歳費、潤沢さが第二王女とは違う。

今回ばかりは、さすがに素直にアナスタシア殿下に感謝する。

この2m超えの巨軀《きょく》を包むチェインメイルも、いささか綻び始めていたところだ。

まあ、副使として舐《な》められる恰好《かっこう》は拙《まず》いか。

ヴィレンドルフ以外なら礼服でいいのだが。

ヴィレンドルフにおいて、武官は甲冑《かっちゅう》こそが礼服だ。

恰好がつかんと拙い。

「それにしても、一か月での突貫製作となると、鍛冶師もいつもの一人では足りません。グレートソードとチェインメイルの整備をしている男職人以外にも、多数の女職人を使う事になりました」

「別に構わん。イングリットの紹介だ。腕はしっかりしているのであろう」

我が股間に装着している貞操帯。

それを作り上げた男鍛冶師に、いつもは我が愛用のグレートソードやチェインメイルの整備を頼んでいるのだが。

今回ばかりはそうはいかぬ。

たった一人で鎧《よろい》一式を準備できるほどの時間は無い。

女鍛冶師によって囲まれ、全身をぺたぺた触られながら、サイズを採寸された。

その手は鍛冶師らしく分厚く、鎧鍛冶師としての熱量を感じさせた。

「サイズはもう測り終えたのだから、帰ってもよいのではないか？」

「いえいえ、時間がありませんので。まだまだ身体《からだ》に合わせて調整していかねば」

「そう言って、一週間もの間、鍛冶場に日参させられている」

まあ、仕方ない。

そうは思っているのだが、時間のとられ具合には閉口している。

横に付き従うマルティナに、ヴィレンドレフ戦役における回想を語ってしまうくらいに……手持ち無沙汰なのだ。

チラリ、と横を見ると、暇な私とは打って変わって忙しそうに宮廷魔法使いが魔術刻印を、鎧の素材となる板金に刻み込んでいる。

呪文付加――エンチャントの準備であった。

そういえば魔法使い、生まれて初めて見たな。

魔法使いは、この世界では貴重な存在である。

完全に先天的な能力であり、後天的に開花することは無い。

一万人に一人、そのくらいの割合か。

その程度しか存在しない。

だが、魔法は確かに存在する。

この腰にぶら下げた、先祖代々伝わる魔法のグレードソードのようにだ。

「私、魔法使いの方、初めて見ました」

マルティナが囁《ささや》く。

1000人規模の街に住んでいた、マルティナの立場でもそうだろうな。

魔法使いは公爵家を例外として、その能力が認められると問答無用で宮廷に召し上げられる。

その魔法使いの探し方はいたって単純である。

魔法のオーブ、水晶玉に手をかざすだけで、その水晶玉が輝き反応するか否か。

水晶玉は、各地方領の教会に保管されている。

もちろん、我が領地ポリドロの教会にも保管されている。

無論、言うまでもないが私に魔法使いの才能は無い。

物心つく、5歳の時に確かめた。

300人ぽっちの領民にもおらぬ。

まあ、居ても王宮に召し上げられるのだが。

但し、高額な報酬金が領地にも家族にも支払われるんだけどな。

そして、魔法使い本人の待遇も違う。

まず、奴隷であろうが平民であろうが、問答無用で一代貴族の新当主扱いの待遇。

無論、泣こうが喚《わめ》こうが、スパルタ教育で魔法使いとして、貴族としての教育が始まる。

ぶっちゃけ、私が受けた騎士教育並みのキツさではないだろうが。

私は亡き母親を一切恨んでいないがな。

まあ、ともかく。

魔法使いは希少なのだ！

その魔法使いが目の前にいる。

是非とも話をしてみたいが……

「この板金、絶対切断したりするなよ！　しないで鎧造れよ！　したら殺すぞ！　人がこの一週間、睡眠と食事とクソする時間以外は削って魔術刻印刻んだんだからな！　判《わか》ってんだろうな!!」

むっちゃキレてはる。

女魔法使いさん、無茶苦茶にキレていらっしゃる。

「一か月は無理だろ！　一か月で鎧の全部の板金に一人で魔術刻印刻めって——いや、加工時間を考えたら半月もねえじゃん！　ふざけんなよアンハルト王家！　人には出来る事と出来ない事ってのがあるんだよ！　工程管理に不具合があるんだよ！　この状態でアタシに品質管理までやれってか!?　労務管理という言葉はアンハルト王国にはないのか!?」

むっちゃキレていらっしゃる。

これは話しかけるの無理だな。

お前のせいでこうなっているんだぞと詰め寄られたら反論できん。

藪蛇《やぶへび》をつつくのは御免だ。

「アタシ、飯食ってくるからな。それまでに次の板金用意しとけよ!!」

ぷんすか、と怒りながら。

女魔法使いは、私の目の前から立ち去って行った。

彼女の名前も知らない。

まあいいや、関わる事もあまりない人種だ。

魔法使いはそれだけ希少だ。

「むっちゃキレてましたね」

「むっちゃキレてたな」

マルティナの言葉に、私は頷《うなず》く。

どだい、一か月でエンチャント付加したフリューテッドアーマーを製作しろというのが無茶苦茶な要求である。

アナスタシア第一王女殿下の要求だから、みんな仕方がないのだろうがね。

その原因の一人としては申し訳なく思う。

だが、仕方ないのだ。

ヴィレンドルフでの武官は鎧こそ礼服。

決して舐められるわけにはいかない立場なのだ。

上物のスーツを用意していかねばならぬ。

そして和平交渉を成立させるのだ。

何、その成功確率を上げるためなら、鎧一つ安い物だ。

おそらくアナスタシア殿下はそうお考えだろう。

それに巻き込まれている鍛冶師や魔法使いはお疲れ様です、と言うしかないがね。

私は深く深く、ため息を吐《つ》いた。

「魔法使いには色々聞いてみたいことがあったんだがね」

「何についてか、お聞きしても？」

イングリットが、私の目の前で不思議そうな顔をする。

……隠す必要はない。

「その……物語のように、火や光・煙を扱わせたら随一の花火使いとか、まるで超自然現象を扱い、敵を討ち果たす事などあるのかなと」

魔法使いの存在はヴェールに包まれている。

その存在が放つ力はいかに。

ひょっとして、私の戦闘能力すらあっさり上回るのでは。

そんな期待を、前世を持つ私としては——、
この中世ファンタジーの世界の、魔法使いには期待をしてしまう。

「……私の聞く限りでは、ありえませんね」

イングリットが残念そうに答えた。

小さく、首を振る。

「魔法使いの仕事は通信機である魔法の水晶玉、双眼鏡などの補助具、マジックアイテムの製作に、今回やるような武具へのエンチャントが主な仕事ですね。空想物語のように、超自然現象を手に取るように操り、敵を討ち果たすのは残念ながら有り得ません」

イングリットは言いつのる。

「ましてや、超人。世間ではそう呼ばれますが、ポリドロ卿《きょう》のような存在、そんな存在に立ち向かう事など出来はしませんよ。まあ、魔法使いは希少ですけどね。魔法力も知識も要します。例に挙げたような補助具、通信機や双眼鏡等《など》、戦局すら左右するような物を造り出しはします。ですが、直接戦闘力はもたないのです」

イングリットの断言。

少し、残念である。

前世の世界で読んだような、古典ファンタジーのような力は持ち得ない存在であるようだ。

まあ、一軍に匹敵するような魔法使いなど史書でも出たことは無いだろう。

判ってはいたが、少し悲しい。

何せ、魔法だ。

未《いま》だ微《かす》かに現代日本人としての残存、価値観が残る我が身としては、期待しても仕方ないではないか。

自分にそう言い訳する。

「まあ、判ってはいたが、そうか。残念だ」

イングリットには心のままに正直に答える。

本当に残念だ。

どうしても我が心には「指輪物語」が残っているのだ。

仕方ないではないか。

そんな言い訳を自分にする。

「今回のフリューテッドアーマー、どんな感じになる？」

「大変言いにくい話ではありますが、兜《かぶと》に関しましてだけはバケツ型でもよろしいでしょうか？」

「バケツ？」

できればヘルメットタイプの、何もかも弾《はじ》き逸《そ》らす形がいいのだが。

この世界には初期型ながら、傭兵《ようへい》が使うマスケット銃もある。

「いわゆる、グレートヘルムですね。実際には、その下に更にコイフ、チェインメイルの頭販を被《かぶ》って頂くことになるかもしれません」

「嫌だな、それは。フリューテッドアーマーにバケツヘルムはダサくないか？」

それに視界が狭くなる。

チェインメイル装備の利点。

それは、視野の広さと、軽重量にある。

兜を被らない事によるもの。

そしてグレートヘルムの欠点。

それは視野の狭さと、肩と首に圧《お》し掛かり、攻撃速度すら遅くさせる重量にある。

まあ私の場合は、別に被ったところで大して苦にもならないのだけれど。

「……正直、複雑な構造となる兜までは製作する余裕がなく。それに、英傑ポリドロ卿には完全鎧《よろい》が必要なのでありましょうか。兜のみは着脱式で、正直無い方が、戦場での戦いをより容易にするのでは？」

「知った風な口を利く」

私はイングリットに呆《あき》れたように声を出すが、まあそうかもしれない。

元々、戦場ではチェインメイルでも十分と感じる程なのだ。

レッケンベル卿との戦闘では、あれほど全身鎧が欲しいと感じた瞬間は無かったが。

グレートヘルムか。

着脱可能なら、選択肢としては悪くないかもしれん。

「グレートヘルムの欠点である重量も、魔法使いのエンチャントで解決です。今回はポリドロ卿の事を考え、判断させて頂きました。是非頷いて頂きたい」

「いいよ、それで。後でちゃんとしたフリューテッドタイプの兜も製作可能なんだろ？」

「はい。容易に交換可能です。ポリドロ卿が旅立った後で、ちゃんと製作しておきますよ」

後で取り返しが利くならばよい。

まあ、必要とするとは思わんのだが。

私はとりあえず応諾し、そしてまた退屈な時間が出来た事に溜《た》め息《いき》を吐いた。

話し相手がマルティナしかいない。

騎士の心構えなど一々説く必要のある子どもではないのだぞ。

私は鍛冶場にて、さてマルティナの剣術指南でもおっぱじめようかと真剣に考え始めた。

第28話　アンハルト王国に過ぎたるもの

アンハルト王国に過ぎたるもの。
美と憤怒の化身、ファウスト・フォン・ポリドロ。
その姿は凜々《りり》しく、振り上げたる剣の重きは女も唸《うな》る怪力無双。
むくつけき駿馬《しゅんめ》を駆り、戦場を侵すは猛火の如《ごと》し。
鍛え上げられた体軀《たいく》は怒りの血潮で太陽の如し。
その光に魂を溶かされた者は、その美しさに戦を忘れ、忘我の内に死ぬだろう。

ファウスト・フォン・ポリドロ。
憤怒の化身。
ファウスト・フォン・ポリドロ。
猛火の化身。
ファウスト・フォン・ポリドロ。
我らがヴィレンドルフに相応《ふさわ》しき永遠の好敵手よ。
我らの、愛《いと》しの。
ヴィレンドルフ史上最高の英傑たるレッケンベル卿を破りし男騎士よ。

「また、ファウスト・フォン・ポリドロの英傑詩か。最近流行《はや》っているな」

「実際、使者として来ることが決定しましたからね。話題にもなるでしょう。吟遊詩人も商売です、抜け目がない」

ヴィレンドルフ王都。

その街中を歩きながら、街頭で謳《うた》う吟遊詩人を見やるのは、会話する二人。

ヴィレンドルフの貴族、武官と文官。

役目は違えど、二人は親友であった。

家も親しく、互いのどちらかの家に男が産まれたならば、夫に出していたであろう。

残念ながら、お互いの家族は姉妹しかいないが。

何、将来は同じ男を夫に取るのも良いだろう。

そんな事を考えながらも——文官が首を傾《かし》げる。

「実際、どのようなものでしょうね。身長2m超え、筋骨隆々の姿、気高き顔立ち、それより何より、我らが英傑レッケンベル卿を倒した。もはや想像がつきませぬ。本当に人ですか？」

先ほどの英傑詩に謳われるような存在。

もしすべてが本当であるならば、それは人ではない。

超人どころか、魔人か何かだ。

いや、事実、我らの英傑レッケンベル卿は一騎討ちの際、求愛し、勝てば第二夫となれと望んだと言われているが。

どこまで本当なのか――まあ、それは聞けばわかるのだ。

なかなか、横の武官からは聞けないが。

「お前も知っての通りだが。私はアンハルト戦役を――敵国ではヴィレンドルフ戦役と呼ばれており、勝者の呼ぶそれが正しいのかもしれんが。私はレッケンベル卿の御傍《おそば》で、騎士の一人として参戦していた」

「はい」

ようやく、その話が聞けるか。

聞きたくて仕方なかった。

この親友は、ヴィレンドルフ戦役の事となると急に口を閉ざしてきた。

何度尋ねても、だ。

おそらくは、戦役参加者に箝口令《かんこうれい》が敷かれていたのであろう。

それはもう解かれたということか。

文官は、頭の中で宮廷側の考えについて思考を飛ばす。

レッケンベル卿の死を、アンハルト王国が貶《おとし》めることは無かった――ファウスト・フォン・ポリドロが礼に則《のっと》り、その場で賞賛と共に、その首を返却した以上は――、強き者を褒め称《たた》えるのは、我らヴィレンドルフの文化だ。

何故《なぜ》、箝口令が敷かれていたのだろうか。

「あれは、お前の言うように人の猛々《たけだけ》しさではない。まさに魔人だ」

「やはり魔人、ですか。超人ではなく」

「美しき野獣、そういう呼び名のな。超人ではなく魔性の者の類よ」

武官は、突如足を止め、横の酒場に目をやる。

「一杯飲もうか」

「いくらでも。話が聞けるなら今日は私の奢《おご》りです」

「ならば、大量に飲むぞ。今日は仕事も無い」

遠慮なく武官は酒場のドアを開け、そこの小さなテーブルの椅子に腰かける。

「エールを二つ！」

そう店主に叫び、武官は話を再開する。

「まず目を剝《む》いたのは、戦場にてその男が、我が騎士団の一人を倒しながら名乗りを上げた時だ」

「我が名はファウスト・フォン・ポリドロ。我こそはと思う者はかかってこい！　闘ってやる!!　でしたか」

「箝口令を敷いた意味が無い。宮廷は何故あのような無駄な事を」

話の腰をいきなり折ってしまったようだ。

英傑詩、レッケンベル卿《きょう》との一戦から聞いた話であったが。

ちっ、と武官が舌打ちをする。

「知っているならまあいい。私はその時、レッケンベル卿の御傍にいた。遠目からも判《わか》る巨軀《きょく》で、戦場に響き渡るその叫びの大音声。下級貴族のようなチェインメイルを纏《まと》っていながらも――その姿は太陽のように美しかった」

「美しかった、ですか」

「ああ、魔性の美しさというのか。顔を憤怒の色に染め、混乱したアンハルトのモヤシ兵どもの中で唯一人、アンハルト軍がレッケンベル卿の策で、死地に追い込まれている状況を理解していた」

まるで水没する船から逃げ出そうとする猫。

もっとも、それは猫ではなく虎であったが。

エールが二つ、テーブルに届く。

「反射的であったのだろうな、レッケンベル卿はその魔法のロングボウの矢を、その太陽のような男の胸元目掛けて放った」

「そして？」

「弾かれたよ。グレートソードの柄《つか》の部分でな」

「柄!?　レッケンベル卿の矢をですか!?」

今まで北方の蛮族、略奪民族を幾つも族滅させてきたレッケンベル卿の矢。

ワンショットワンキルどころか、一矢で三人の首が落ちた伝説を持つ一撃だ。

その伝説を、あっさり覆したのか？

「その後もファウストは三人ほど斬ったか？　よく覚えていないな。レッケンベル卿の矢をその後も第二射、第三射、第四射と片手間に弾《はじ》いていった印象があまりに強い」

「矢避《よ》けの呪文でもかかっているのですか、ファウストは」

「かもしれぬ。私は、神がそういう運命を与えたと言っても驚かぬ」

武官がエールを完全に飲み干した。

お代わりを店員に頼みつつ、武官は会話を再開する。

「それだけで尋常ではない超人と判る。だが、何より凄《すさ》まじかったのは、レッケンベル卿の眼前――我々の目の前に現れてからよ」

「どういった人物だったのですか？」

「英傑詩そのままだったのよ。違いと言えば、その男に見合わず、あまりにその軍装がチェインメイル姿と貧相だったことぐらいか。魔術刻印を刻まれたグレートソードが異彩を放っていた事が目立つぐらい――いや」

武官が首を振る。

「そのチェインメイルのみの姿すら美しかった。兜《かぶと》も盾も無し。軍装はチェインメイルとグレートソードと、ヴィレンドルフでも稀《まれ》にしか見ぬであろう優れた『むくつけき』魅力的な駿馬のみ。たったそれだけで、あの魔人はレッケンベル卿の前に現れたのよ」

武官はまだ気づいていないが。

気づけば、酒場の全員が黙り込み、彼女の話に聞き入っていた。

酒場の店主さえもだ。

「あの魔人は言ったよ。グレートソードを大きく天に掲げ、太陽の下で、ヴィレンドルフの騎士団長よ、一騎討ちを申し込む!!　とな」

「レッケンベル卿は何とお答えに?」

「たった一つの約束と共に、それに応じた」

武官が、エールの二杯目を空にした。

お代わり!　と空の杯を掲げて、力強く叫ぶ。

慌てて店主自らが、代わりのエールを持ってきた。

この武官の言葉を止めたくないのだ。

「その約束とは?」

「私が勝利した場合、お前は私の第二夫になれ、それだけだ」

「英傑詩そのままではないですか。それほどまでに美しかったのですか」

「美しいなんてものではなかったよ。魔人といったろ」

武官が、私の顔に顔を近づけ、その間近で囁《ささや》く。

「正直、私も股が濡《ぬ》れたよ。このような美しい男がこの世に存在したのかと」

「そこまで？」

「そこまでだ」

近づけていた顔を離し、また会話を再開する。

今の囁きは、いくら顔を近づけていても、酒場全員の客と店主の耳に届いたが。

幼き頃から声がデカいのだ、この武官は。

「何と言えばいいのだろうな、あの美しさは。チェインメイル越しでも判る筋骨隆々の、幼き頃から鍛え上げられたと判る身体《からだ》。その真っ赤に染まった気高き顔。一騎討ちを挑む前に、周りをジロリと睨《にら》みつけ、押さえつけるその目。私は生まれて初めて男から見下ろされる経験をしたよ」

武官は身長1m90㎝程。

ファウストと、その騎馬がどれだけ大きいかがよく判る。

これを容易に超えられるなど、身長2m20㎝を超える――いや、それ以上の威圧を周囲に放っていた、我らのレッケンベル卿ぐらいのものだろう。

「美しかった。本当に。一度でいいからあのような男を抱いてみたいものだが……まあその機会は」

「そこら辺はどうでもいい。レッケンベル卿との勝負はどうであったのです？」

聞きたいのは、そこだ。

武官が言葉を止められ、少し機嫌を損ねた様子でエールをあおる。

周囲の人間も、固唾を呑《の》んで見守っている。

「美しかったよ。それだけだ」

「はあ？」

「他に何と言い様がある。その光に魂を溶かされた者は、その美しさに戦を忘れ、忘我の内に死ぬだろう。ほれ、さっきの英傑詩にもあったろう」

武官がからかう調子で言う。

コイツ、その記憶を話すつもりは無いな。

思わず、言葉を崩す。

「お前なあ、私は親友だぞ、語ってくれてもいいだろう」

「どうしようかなと」

「からかうのはやめろ。喋《しゃべ》らないなら、奢りは無しだぞ」

私は自分のエールに口づけしながら、不快そうなジト目で武官を見る。

「仕方ない。喋ろう。まずはレッケンベル卿が、私に魔法のロングボウを預け、自らのハルバードを持って来させた」

「あの、レッケンベル卿が遊牧民族を何十と斬り殺したと聞く業物か」

魔法のロングボウと同じく、宮廷魔法使いにエンチャントされた品。

切れ味の強化と、堅牢《けんろう》さが増していると聞く。

「得物の長さは、レッケンベル卿が有利であった。鎧《よろい》も。噂《うわさ》では300人足らずの弱小領主騎士と聞く、チェインメイル装備のファウストとは違い、全身が魔術刻印で埋め尽くされた強力な鎧を着こんでいた。私はな、いくらファウストが美しくとも、魔性の者と思われど、それでもレッケンベル卿の勝利を疑ってなかったんだよ」

「そりゃそうだ」

装備が余りに違い過ぎる。

それ以上に実績が違い過ぎるのだ。

体格でさえも、ヴィレンドルフ最強騎士たるレッケンベル卿には届かぬ。

そもそもがファウスト・フォン・ポリドロなんて名前、ヴィレンドルフ戦役で初めて聞いたのだ。

後になって、軍役で100名以上の山賊を斬り殺してきた事も英傑詩で聞いたが。

それ以上の実績を、レッケンベル卿は積んでいる。

雑兵を幾ら何千何万と斬り殺したことを語っても、卿の前では何の価値もなかった。

レッケンベル卿以上にヴィレンドルフで名を成した騎士など、何処《どこ》を探してもいるものか。

「だが、互角だった。途中まで互角だったんだよ勝負は」

「どういう勝負だったのだ。そこが聞きたい」

「ファウストのグレートソードは魔法が掛かっているとはいえ、同じく魔法のエンチャントが施されているレッケンベル卿の鎧は切り裂けず。装甲に覆われぬ皮膚なども皮一枚を破ることすら叶わず。その逆に、レッケンベル卿の攻撃も殆どがファウストのグレートソードで凌《しの》がれた」

何十合、何百合と打ち合ったのか。

もはやそれすら覚えてはおらんよ。

武官が、またエール！　とお代わりをせがむ。

店主が、慌ててまたお代わりを持ってくる。

「時々、レッケンベル卿が勝利した、と錯覚したときすらあった。ファウストの肉体がハルバードに触れ弾け飛び、血の雫《しずく》とともに細切れになったチェインメイルの鎖が周囲に散乱する事があった。幾度も、幾度もだ。だが傷は浅く、致命傷には至らなかったのだ。彼はギリギリの攻撃範囲を見極め、その攻撃を受け続けていた」

「……ファウストは、本当に魔人なのだな」

レッケンベル卿。

死して名を遺《のこ》す、我らの英傑よ。

厄介な略奪者、北方の遊牧民族の族長や弓手をその魔法のロングボウで打ち抜き、自分が最前衛を務める騎馬突撃で、幾つもの遊牧民族を族滅させてきた女よ。

あの英傑の名は、千年経《た》ってもヴィレンドルフに残るであろう。

「レッケンベル卿の敗北原因は、疲れだ」

「疲れ？」

「何百合と及ぶその打ち合いに、レッケンベル卿がついに疲弊したのだ。いかにヴィレンドルフきっての超人といえど、齢《よわい》は三十を過ぎていた。軽量化などは度外視をした、魔術刻印による強度に富んだ鎧を着こんでいるゆえに、体力が持たなかった」

レッケンベル卿も、また人の子であったか。

「対して、ファウストはチェインメイルの身軽な姿であった。そして何より、若かった。いや、年齢だけを理由にするのはよくないな。レッケンベル卿は逆にその老練さゆえに、あそこまで持ったのだ。並の騎士であれば、一撃のもとに殺されている。そして――」

瞑目《めいもく》する様に、武官が目を閉じる。

「魔術刻印の効果が薄い首当てを目掛けて振り下ろされた、ファウストのグレートソードが届いた。それが決闘を終わらせた」

「その一撃が、レッケンベル卿の結末か」

「そうだ」

武官がエールの残量を気にしながら、語り終える。

箝口令《かんこうれい》が解かれた。

ようやく人に話す事が出来た。

そういった面持ちであった。

「……ファウストは、荒い息を吐きながら……グレートソードを背の鞘《さや》に収めて、全身が血まみれで、着用するチェインメイルなどは穴だらけとなった凄まじい姿で、全身全霊の殺し合いを終えたばかりの疲れた表情と化して。大事そうに両手で地面からレッケンベル卿《きょう》の首を持ちあげ、副官は誰かと聞いた」

「お前の事だな」

「そうだ、私だ」

レッケンベル卿の副官。

その騎士副団長こそが、目の前の武官である。

「ファウストは言ったよ。強き女であった。私が今までに出会ったどんな騎士よりも、どんな戦士よりも。私はこの戦いを生涯忘れないであろう。そうして、その首を大切に両手で丁重に返してきた」

「その場で斬り殺される事すら恐れず、か……」

「ああ、恐れずにだ。あの男が我らヴィレンドルフの価値観を理解しているとはいえ……」

我らが英傑、レッケンベル卿を殺された。

怒りの余りに、その報復を試みる無粋な馬鹿が現れないとも限らなかった。

だが、ファウスト・フォン・ポリドロは一切恐れなかった。

「それで、そこまでか」

「ああ、それで話は終わりだ。奴《やつ》は私達《たち》と同じく一騎討ちを見守っていた領民を引き連れ、自軍へと帰っていった」

杯の中身は空になっている。

だが、今の武官はエールの追加を頼もうとしなかった。

「凄《すさ》まじいものだな、ファウスト・フォン・ポリドロという男は」

「魔性の男だと言ったろう？」

話は終わりだ。

だが、一つ気になる事がある。

「レッケンベル卿の遺体は、その後どうなった？　我々がその死を知ったのは、ヴィレンドルフ戦役後であった」

「負け戦である。その遺体をパレードとともに葬る事は避けられた。我らが英傑に、負け戦の原因になったとはいえ非難する愚か者などいるはずもないのにな。ヴィレンドルフ戦役の負けを含めても、御釣《おつ》りが来るぐらいの活躍を卿はしてきたというのに!!」

武官は、ちっ、と舌打ちをしながら、空になっているエールを見る。

お代わり！

その声に店主が反応し、お代わりを持ってきた。

「レッケンベル卿の遺体は、その家族と、我ら騎士団と、女王陛下とで静かに、但し格式を以《もっ》て葬られた。いずれ、お前も墓に参るといい」

「ああ、我らが英傑だものなあ……」

文官がエールを飲む。

何か、しんみりとしてしまった。

打ち破ったファウストは賞賛されるべきだ。

だがレッケンベル卿を失ったことは純粋に悲しい。

「その後、レッケンベル卿の御家族はどうなったのだ？　家督は姉妹が継いだのか？」

「いや、レッケンベル卿は家族にとっても誇りであった。その一人娘に家督を譲りたいと姉妹達が全員揃《そろ》って必死に懇願し、当面は姉妹が代理をすることとなったが、継ぐのは一人娘であるニーナ様だ」

「ニーナ様か」

それは何よりだ。

あのレッケンベル卿の血を継ぐ娘だ。

きっと将来は英傑になるであろう。

「では、遅れたが、我らが英傑レッケンベル卿に献杯を」

「そして未来の英傑、ニーナ様に乾杯を」

ヴィレンドルフ武官と文官の二人は杯を合わせ、そのエールを一気に飲み干した。

第29話　欠陥品のカタリナ

私が――ファウスト・フォン・ポリドロが和平交渉へ向かう事を、アナスタシア殿下と約束してから一か月が経過した。

そして、ついに待ちかねた鎧が完成したのだ。

それまでは鍛冶場に日参していた。

結局暇すぎるので、マルティナには毎日剣術鍛錬を施していた。

「どうでしょうか、第二王女相談役ポリドロ卿」

イングリットの声。

少々狭い視界のグレートヘルムの中から、その顔を見る。

やはり視界が狭い。

だが、頑健である。

試しに自らのグレートソードでバケツヘルムに軽く一撃をくれてみたが、ビクともしなかった。

まあ内部衝撃は結構あるんだろうが、中身は私なのだから、どうせ効かぬ。

施された魔術刻印は、良好にその効果をもたらしているようだ。

先日の現場では怒りに怒りを重ねていた宮廷魔法使いが、私に歩み寄る。

「ついでだ、これもくれてやるよ」

馬具、と見て良いだろう。

馬の鞍《くら》のような、それでいて我が愛馬フリューゲルの身体《からだ》を覆い尽くすかのような、幅広い厚手の布。

それにはビッシリと魔術刻印が記されている。

馬鎧《うまよろい》のような頑丈さを感じる、真っ赤な厚手の布であった。

「お前の馬、放牧されてるのを観《み》に行ったんだよ。フリューゲルといったか。あれは本当にいい馬だった。いざという時は、その布がお前の馬を守ってくれるだろう。大事にしろよ」

全身鎧の板金に、半月で魔術刻印を刻んであとは暇をしていると思っていたが。

我が愛馬フリューゲルの装備を整えてくれていたのか。

すまん、魔法使い。

口悪くてやたらキレているから、貴女《あなた》の事を心から誤解していた。

私は魔法使いに黙って頭を下げる。

これで、装備は私の分も、フリューゲルの分も、完璧に整った。

なお、フリューゲルであるが、現在は王都の外の牧場内に放牧され自由に駆け回っている。

すぐにでもアスターテ公爵領に、繁殖のため送ってあげたかったのだが。

今回の和平交渉が優先である。

繁殖に送るのはその後だ。

見栄えの良い馬くらいならアスターテ公爵が用意してくれたであろうが、ではそれが愛馬フリューゲルを超えるかとなると、私にとってはあり得んので仕方ない。

「だが、そのバケツヘルムはやはり無いな。まあフリューテッドヘルムもこの後作るんだが……」

やはりイマイチであるか、この兜《かぶと》。

いや、グレートヘルムが恰好《かっこう》悪いのではない。

フリューテッドアーマーとの兼ね合いが、イマイチ、何かバランスが合わないというべきか。

不釣り合いなのだ。

でも、良い装備だぞコレ。

視界が狭い以外は、頑丈さも完璧だし。

「私は気に入ったのだが」

「いや、やはりちゃんとした兜も作るよ。アンタが旅立った後にだけどさ」

魔法使いがそう返した。

それが無駄にならない事——レッケンベル卿の仇《かたき》だ、と言わんばかりに私が殺されない事を祈っていてくれ。

まあヴィレンドルフの文化的に、それは無い事は重々承知しているのだが。

何事も例外はある。

その覚悟はしておくべきだ。

「皆、お疲れさま」

私は心の底から、鍛冶師の全員、魔法使い、商売も忙しいであろうに一か月付き添ったイングリット、そして今、大の字になって地面に寝転がっているマルティナに声を掛けた。

「ようやく、この地獄の日々が終わるのですか？」

マルティナが声を上げた。

剣術鍛錬で、疲労困憊《ひろうこんぱい》の声であった。

楽しい日々だったろ。

少なくとも私は楽しかった。

マルティナを虐《いじ》めることができではない。

この子、成長速度が異常に速いのだ。

聡《さと》いだけではない。

負けた次の日は、私の裏をかくように新たな攻め方を。その試行錯誤を繰り返しながら挑んでくる。

そこらの雑兵、山賊どもを相手どるより私にも勉強になった。

僅か9歳の身でありながら、だ。

マルティナは大成するぞ、カロリーヌ。

私はかつて自分が破った、今は――きっと天国にもヴァルハラにも行けなかったであろうマルティナの母、カロリーヌに呼びかける。

お前の事は別に好きではないが、その遺言、死に際に名を呼んだ娘であるマルティナの事だけは任せておけ。

必ずや騎士として大成させてみせる。

そう誓う。

「すぐ旅立つのですか、第二王女相談役ポリドロ卿」

イングリットが恭しく、声をあげる。

「いや……さすがに一週間は休ませてくれ」

正直、疲れた。

まあマルティナの相手以外の何をしていたわけでもないし。

領民は下屋敷にて待ちくたびれているであろうが。

第二王女ヴァリエール様への報告と、その親衛隊の準備の確認もある。

後者は心配していないが。

一か月も有ったのだ、準備は万端であろう。

それに、我が愛馬フリューゲルだ。

牧場から私自ら連れ戻し、相手をしてあげなくてはならない。

自由にしてあげていたと言えば聞こえはいいが、私の手による世話もほったらかしにしていたのだ。

機嫌を損ねていないだろうか。

「その後、旅立つとしよう。ヴィレンドルフ王都へ向けて一路前進だな」

「行進ルートは？」

「何故《なぜ》、そのような事を気にする？」

私は疑問に思う。

イングリット商会の気にするような事ではあるまい。

「いえね、もし和平交渉が成り立てば、最低10年は巨大な交易路が確定するわけですよ。先んじて、そこを確保したいという考えは、商人として間違ってますかね」

「交渉失敗の可能性もあるぞ」

「これは投資です。失敗を恐れて投資はできませぬ。可能であれば、行進に付き添わせて頂きたいと」

イングリット商会の長が語る。

たとえ失敗しても、私はその損害を補塡しないぞ。

それでいいなら好きにするがいい。

私はそう考えながら、静かにため息を吐《つ》いた。

※

「箝口令《かんこうれい》を解いたか。よろしい。確かにこのタイミングだ」

「このタイミングですな。アンハルト王国のモヤシどもに、ファウスト・フォン・ポリドロを使者として送る事を譲歩させましたから」

ヴィレンドルフ戦役、その戦場にいた者には箝口令を敷いていた。

特に、ファウスト・フォン・ポリドロのその目撃者には決して口を開くなと言い聞かせてきたのだ。

それはレッケンベル卿《きょう》の名誉のためでもなく。

国民が、ファウスト・フォン・ポリドロという男の実像に惑わされるためでもなく。

たった一つの要求。

ファウスト・フォン・ポリドロを和平交渉の使者として送らせる事、そのためだけにだ。

「こちらの要求、それが相手側に読まれては、それを起点とした譲歩を迫られる。その点はよかった。確かに、もはや箝口令の必要はない」

「相手から言いだせば、弱みにはなりませぬからな」

二人だけ。

ヴィレンドルフ王の間には、二人だけがいる。

その一人は私で、齢《よわい》にしてまだ22歳であった。

もう一人は、私が座る王座の前に立つ老婆であった。

ヴィレンドルフの軍務大臣であるそれは、上手《うま》くいったとばかりにカラカラと笑う。

私は老婆に、言葉を投げかけた。

「お前の手腕を認めよう。箝口令を解いたのも、確かにこのタイミングでよい。これによる我が国民の変化は？」

「英傑詩が真実であった、いや、ファウスト・フォン・ポリドロという男が、それ以上の玉であることを認めることになりましょう」

「これにより、ポリドロ卿への国民の暴発は防げるか？」

ヴィレンドルフ女王が、やや慎重に尋ねる。

軍務大臣である老婆は、またカラカラと笑った。

「元々、その可能性は低いのです。我が国民の気性に合いませぬ。まして、これ以上ないくらいに正々堂々とレッケンベル卿を討ち取ったと知った以上、暴発することは我らが英傑レッケンベル卿の名誉を汚す事になります。これにより、国民の暴発の可能性はゼロとなりました」

で、あろうな。

レッケンベルよ。

私は悲しい。

きっと悲しいのだろうと考えている。

お前が死んで、齢20にして生まれて初めて「悲しい」と、おそらくは「悲痛」という名の感情を知ったのだと。

誰もがそう口にしている。

私はお前が死んだという理解不可能な報告を受けて、思わず理解に努めることを放棄した。

私はお前が死んだと聞いても、それを一切信じずに、ただアンハルトの侵攻を達成するように繰り返し指示しただけである。

だが、ヴィレンドルフの騎士団が慣れない敵地の野原で必死に花をかき集め、それで丁重に包んだその首がまず送り付けられた時に。

そして鎧を着たままの遺体が引き続いて届いた時に。

生まれて初めて、人目も憚《はばか》らず泣き喚《わめ》いたのだ。

自分が何をしているのか、その行動が何を意味するかさえ判《わか》らずに、お前の首を抱きしめて、「嘘《うそ》だ！　嘘だ！」と口走りて涙を零《こぼ》しながらに絶叫したのだ。

いつもの虚無を振り払いて、ヴィレンドルフの王としてやってはならぬ醜態を見せた。

だから、誰もがカタリナ女王はレッケンベルの死を悲しんでいるという。

それが、私にはよくわからぬ。

私が5歳の時、お前はまだ15歳であったよな。

諸侯でもなく、領主騎士ですらない、官僚貴族の軍人の相談役。

その時は騎士団長ですらない、一人の騎士であった。

ただの世襲騎士、武官の一人。

それがクラウディア・フォン・レッケンベルという名のお前であった。

私はその時、兵すらロクに持たぬお前に失望すらしなかった。

所詮、第三王女に与えられる相談役など、このようなものであろうと。

その名を呟《つぶや》く。

「……レッケンベル」

お前はこのような、人としての欠陥品に。

他人の抱く感情というものを、よく理解できない人間に。

父にすら愛されず、母すら産まれた時に、その出産で殺した出来損ないの第三王女に、良く尽くしてくれたな。

母親殺しの第三王女と呼ばれたこの私を、一切侮蔑する事などなく相談役として仕えてくれた。

何故なのであろうな。

人として欠陥品の、私ではよく判らない。

未《いま》だにお前の真心が、私にはよく判らないのだレッケンベルよ。

死してからこそ、思う。

もっと、お前の話を聞くべきであった。

もっと、お前に話しかけるべきであった。

お前の軍事的功績。

略奪者たる遊牧民族達《たち》を、族滅に追い込んだ事。

それに飽き足らず、今まで積み上げてきたヴィレンドルフ選帝侯家の騎士としての多大なる後見。

お前の政治的功績。

第三王女に過ぎぬ私を、ヴィレンドルフ女王にまで押し上げた事。

お前の輝かしい功績の数々も。

それらは私には、正直どうでも良いことであったのだろうと。

私にとって必要だったのは、ただかけがえのないお前という存在だと。

誰もがそう言うのだけれど——私はどうにも、私にとってのレッケンベルという存在の輪郭が摑《つか》めないでいる。

お前は私にとって、どういう存在だったんだ？

なんで、そこまで私に尽くしてくれたのだ。

「嗚呼《ああ》、レッケンベルよ。何故お前は死んだのだ」

「憎みますか、ファウスト・フォン・ポリドロを」

「判らぬ。憎しみという感情など知らぬ」

軍務大臣の言葉に正直に答えて、またレッケンベルに想《おも》いを馳《は》せる。

お前が判らぬよ、レッケンベル。

超人たるお前であれば、英傑たるお前であれば、もっと賢い生き方が出来たはずだ。

私から、ヴィレンドルフ選帝侯家を奪い取ることすらできたであろう。

我らの価値観、誰もが前線を駆ける英傑たれと望むヴィレンドルフ価値観。

それをお前は持っていた。

だが、私は持っていなかった。

だって、私は欠陥品だから。

なのに、何故あれ程までに優しくしてくれたのだ。

何故、あれ程までに尽くしてくれたのだ。

私には判らぬ。

もっとちゃんと言葉で言い聞かせてくれなければ、判らぬではないか。

私は愚かなのだ、欠陥品なのだ。

理屈ならば判る。

だが、お前の行動は利益という理屈ではなく、愛情という感情の名のそれを以《もっ》て私に示していた。

そう、お前の一人娘のニーナ嬢からも告げられた。

貴女《あなた》は母、レッケンベルから愛されていたと。

私はそれにふさわしくない、愚か者なのだ。

何故、あの時、遊牧民族の討伐により余裕が出来た余剰を以て、アンハルト王国への進撃を認めてしまったのか。

お前にはお前の考えがあったのだと思うが、それを私に打ち明けぬままに唐突に、雷鳴のようにお前は死んでしまった。

「では、この老婆を憎みなさるか、カタリナ様。ヴィレンドルフ女王、イナ＝カタリナ・マリア・ヴィレンドルフ様。アンハルト王国侵攻を許可したのは私めであります」

「決定したのは私だ。その責任をお前に押し付けなどするものか」

理屈で答える。

最高責任者である、女王である私に責任が求められる。

レッケンベルが死ぬなど、誰が予想できた。

未だあの東方から北方沿いにやってきた遊牧民族達に手をこまねいて、アンハルト正規軍の大半をそちらにやっている連中風情に。

アンハルトがもはや公爵軍の常備兵500しか、ヴィレンドルフ国境線には向けられぬと知って。

それを英傑レッケンベルが倍軍の1000を率い、前線指揮官として奇襲を務めるのだ。

誰が負けるなどと予想できた。

理屈で言えば、負けるなど有り得ないはずであった。

だが負けた。

ファウスト・フォン・ポリドロという、ただ「武」という名の一文字を以てして、レッケンベル卿を一騎討ちにて討ち果たした男により。

そして、アナスタシア第一王女という戦略の天才と、アスターテ公爵という戦術の天才、二人の英傑の手によって負けたのだ。

何故《なぜ》負けた。

我々は、決して弱くなどなかった。

だが、負けたことだけは認めなければならぬ。

現実は受け入れなければならない。

アンハルト王国は強い。

同じ選帝侯の立場であるアンハルト王国は、そもそも決して弱くはない。

それは理解していたのだが——

「この老婆、いざという時の敗戦の責任を取る覚悟はできております。この場にて美味《おい》しいワインを飲めと言うならば、その覚悟も」

「毒入りワインなど、アンハルト王国の文化ではないか。我が国ならば、その腰の懐剣で喉を掻《か》き切って死ね」

「それゆえ、屈辱なのでありますよ。それを受ける覚悟もできております」

もうよい。

老婆の戯言《たわごと》に飽いた。

百の齢も超えていると噂《うわさ》される矍鑠《かくしゃく》たる老婆には、私ごときが何を口にしたところで翻弄されるにすぎない。

我々は負けた、それだけが結論だ。

戦略を、一度最初から見直す必要があるのだ。

レッケンベルの損失を、もう一度静かに、我が国家は見つめなおす必要があるのだ。

そのためには。

「ファウスト・フォン・ポリドロという人物を一度拝む必要がある」

「その人物を通して、アンハルト王国を眺めますか」

「あの国では、ファウスト・フォン・ポリドロという英傑が軽んじられている風潮がある。なれば重畳」

ぐっと握り拳に力を籠《こ》め、軍務大臣の眼前に差し出す。

「取り込んでしまえばよい」

「そう簡単にいきますかな？　相手は先祖代々の領地と領民に執着を持つ、封建領主騎士でありますぞ」

「ポリドロ領は我がヴィレンドルフの国境線に近い。そこまで攻め込めば嫌とは言うまい。いや、言えまいよ」

敵方の詳細な地図。

それはヴィレンドルフ戦役時に入手した。

あのファウスト・フォン・ポリドロの領地は国境線に近い。

ファウストの弱点は摑んでいる。

「逆に、ファウスト・フォン・ポリドロという人物が重用されていると感じれば？」

「アンハルト王国にも見るところがあるということだ。再侵攻を断念することも考えよう」

そもそも、レッケンベルの損失がやはり大きい。

遊牧民族もいずれレッケンベルの不在を知れば、再度北方からの略奪者がやってくるであろう。

だから。

「まずはファウストという玉を通して、アンハルト王国を見極める。話はそれからだ」

「そうでございますな……」

カラカラ、と老婆がまた笑った。

この私、ヴィレンドルフ女王であるカタリナは笑えない。

喜びという物を知らないのだ。

だが、老婆の笑いに応えるため、愛想笑いするように、顔を無理やり歪《ゆが》ませた。

そうしたほうがよいと、レッケンベルに教えられたからだ。

なあ、レッケンベルよ。

私にとって——お前は何だったのだろうかと。

もう一度、静かに問いかけたのだが、死者よりの返事があるはずもなかった。

第30話　ザビーネを殴ろう

「私のポリドロ卿《きょう》が会いに来てくれない件について」

「知らねえよ」

　安酒場。

　貧民街に近い安酒場、第二王女親衛隊が酒樽《さかだる》一つ買い切って貸しきりにしている、その酒場にて。

　第二王女親衛隊隊長、ザビーネは憤っていた。

「女と男として親しい関係もって言ったんだよ、私は！　そしてポリドロ卿もこれからもよろしくって言ったんだよ！」

「もー、耳が腐るほど聞いたよその話は」

　ザビーネはずっと憤っている。

　だが、それに対する私を含めた親衛隊たちの反応は冷たいものであった。

　酒に酔い、机に顔を突っ伏しながら、手だけを上げて横に振る。

「いや、そもそも、ヴァリエール様の昨日の話を聞いてた？　壮行会はこれから行うって。まあ、王宮の一室でささやかに行うものらしいけど。ヴァリエール様とポリドロ卿、そして第二王女親衛隊だけでささやかに」

「聞いてたさ。だが、一か月も前から、ポリドロ卿は王都に滞在しているではないか。一度くらい顔を合わせてくれてもいいのではないか？」

「なんか、ヴィレンドルフ対策でポリドロ卿に惨めな姿をさせるわけにはいかないから、フリューテッドアーマーの製作に忙しいって聞いてるぞ。ずっと鍛冶場に詰めてたとか。製作費は全額、第一王女の歳費から出るそうで。実に羨ましい」

まだ酔いつぶれていない、親衛隊の一人が声をあげる。

この話は、王宮の侍童が喋《しゃべ》っているのを小耳にはさんだものだ。

つまり、新情報である。

「その話、知らない。いつ聞いたの。あれ、なんで私が知らないの？」

耳聡《みみざと》いザビーネが情報を知らないのも珍しい話である。

いつもはザビーネこそが、この手の話を持ち込んでくるくらいなのだが。

「ごく最近だよ。その侍童、ポリドロ卿の筋骨隆々の姿を嘲笑《あざわら》っていたのでヴァリエール様に報告しておいたけど」

最近、ヴァリエール様と第一王女アナスタシア様は仲がいい。

ヴァリエール様から、その侍童については報告が行き、おそらくアナスタシア様はその侍童を派遣した領地に激怒とともに叩《たた》き返すであろう。

いい気味だ。

そんな事を考えながらも、親衛隊の一人はザビーネの言葉に耳を傾ける。

「早く言ってよ！　それを知ってたら、鍛冶場に押しかけてたよ！　相談役として与えられてる下屋敷を訪ねても、領民はどこに行ったのか口を濁すしさ！　私、これでも第二王女の親衛隊長なのにだよ！」

「いや、知ったの最近だし。そこへ押しかけて邪魔するのも悪印象では？　鎧《よろい》の製作となると、鍛冶師の秘事、その隠している技術にも触れるだろうし」

鍛冶場に詰めて、ポリドロ卿が何をしているのか判《わか》らないが。

ひょっとしたら忙しいのかもしれないし。

その状況に押しかけて行ったら、好感を持たれるどころか逆効果ではないか。

そのように誰かが言った。

「私はどうすればよかったのだ？」

「何をするにも今更だろ？　というか何がしたかったんだよ？」

「ナニがしたい。つまりエッチだ。この一か月で享楽的な関係を結びたかったのだ」

アホだコイツ。

親衛隊の一人は、会話するのやめようかなと思った。

我ら第二王女親衛隊14名。

男と縁など無い。

そもそも、相談する相手が間違っているのだが。

まあ、他に縁も無し。

この手の話を未《いま》だ14歳であるヴァリエール様に相談するのも間違っているであろう。

以前、高級売春宿に通うための料金を、そのヴァリエール様の歳費にタカろうとしたがな。

まあ、それはとりあえずいい。

今は地団駄を踏む——ザビーネは自分の考えることが上手《うま》い事進まないと、このような行動にでる。

酷《ひど》い時には地面を転がる聞かん坊である。

まるでチンパンジーである。

パパとママはしっかり躾《しつけ》をしてくれなかったのであろうか。

されていないな、この第二王女親衛隊全員が。

誰一人としてマトモな騎士教育を受けていないはずだ。

悲しい話だ。

だが、ここまで醜くはない。

ザビーネほどに醜くはない。

親衛隊の誰しもが、自分はアレよりマシと思っていた。

「とにかく、私はポリドロ卿とエッチがしたいんだよ!!」

「知らねえよ」

酒を未だに飲み続けている、親衛隊の一人が答えた。

「相談する相手が間違ってるんだよ。ここに居る全員が恋愛経験のない処女だよ。何が言いたいんだよ」

「ヤラせてほしいんだよ!!」

「聞けよ。せめて相談してるなら人の話聞けよ」

ザビーネは、話を聞かない。

床に寝転がりながら、足をじたばたさせている。

大分酔っているなあ。

それにしてもザビーネ、ポリドロ卿みたいな男がタイプだったのか。

いや、そうと知ったのは実際に話してみて、ああ、この人と気が合う、となんとなくの直感だったらしいが。

ザビーネの求める、エロエロで退廃的な日々が、あの生真面目なポリドロ卿と送れるものだろうか。

はなはだ疑問である。

まあよい。

ともあれ、我々は鎧を新調したポリドロ卿と一緒に旅立つわけであるが。

「ザビーネさあ、ヴィレンドルフで何が起こると思う?」

「何だ、突然」

「あの国さあ、男に対する価値観が私達《たち》と全然違うじゃん」

線は細く、背は小さく、大人しい。

アンハルト王国に見られる、男の好まれる特徴。

それとは真逆。

身体《からだ》は筋骨隆々、背は高く、性格は猛々《たけだけ》しく。

それがヴィレンドルフ王国に好まれる男の特徴であり、ポリドロ卿はその全てを満たしている。

おまけに、顔は決して悪くない。

むしろ顔はいいんだよ、顔は。

アンハルト騎士の、国民の一人としては、どうしてもポリドロ卿は好みのタイプとはいえないが。

いや、言い訳のように言うが、我が国きっての英傑だとは認めているぞ。

性格の良さも認めている。

だが、ともあれ、前述したようにだ。

「ヴィレンドルフ王国では、ポリドロ卿、ガチでモテるよ。しかもあの国の英傑レッケンベル卿を正々堂々討ち果たした男。非の打ち所がない、傾国の男だよ。どうすんのさ」

「どうすんのさ、とは」

「いや、ポリドロ卿を奪われてもいいの？　別に今のところ、アンタのじゃないけど」

一騎討ちの求婚。

レッケンベル騎士団長がそうしたように、それに倣っての一騎討ちが大量に挑まれることになる。

いや、それに負けるポリドロ卿ではないが、単純に口説きにかかる女もいよう。

ほっといてもいいのか？

そう尋ねるが。

ヒラヒラと、床に寝転がったままザビーネは手を振る。

「アスターテ公にいくら愛人にと望まれたところでそれを断ってる男が、敵国ヴィレンドルフに口説き落とされる？　考えが甘いよ」

「というと？」

何人も疑問符を浮かべるが、ザビーネはひらひらと手を翻した後に、握り拳を作った。

「ポリドロ卿にとって最重要なのは、先祖代々の領地と、自分に命がけで従ってくれる領民。その二つ。それを奪おうとする奴《やつ》なんか、誰も許さないよ。ヴィレンドルフの人間が、それをどうやって保証できるのさ」

ザビーネは、よっこいしょ、という言葉と共に立ち上がる。

「まあ、ヴィレンドルフ女王クラスであればできるのかもしれないけどね」

「出来る奴がいるじゃないか」

「ヴィレンドルフ女王が？」

はん、と鼻で笑いながら、ザビーネが答える。

「冷血女王カタリナ」

「？」

「ヴィレンドルフでの呼び名だよ。英傑レッケンベルとは違い、ヴィレンドルフでの、その評判は宜《よろ》しくない。我が国のアナスタシア第一王女よりも冷血で——なにより恐ろしい、そう言われている」

コイツ、どうやって敵国の情報を抜き出しているのだろう。

自分も一応騎士の立場だが、そんな話聞いたことも無い。

ザビーネが我々三女や四女の出来損ないの集まりとは違い、実は長女であったという噂《うわさ》は本当なのだろうか。

確かにコイツ、教養だけは妙にあるのだ。

ちゃんと騎士教育に近い、何かを受けた節がある。

それが無ければ、演説などできない。

その性格故——家督を継ぐ見込み無しとして見捨てられた。

我が国の諜報《ちようほう》を担う家系に生まれたという噂。

……官僚貴族が宮廷にて漏らした、馬鹿馬鹿しい噂話。

その能力や諜報ルートは今でも生きているのだろうか。

だから、ザビーネは今でもあんなに情報通なのでは。

まあ、肝心のポリドロ卿の情報だけは今回手に入らなかったようだが。

多分エロに血迷っていたんだろうな。

「アレはヴィレンドルフではない。誉れを持たない。理屈でしかモノを解そうとしない何か。そう言われてるんだ。14歳の相続決闘にて当時20歳の長女を、その決闘に用いた刃引きの剣で喉を突き、地面に崩れ落ちたところで頭を蹴り殺した。まあ、幼いカタリナ女王を虐《いじ》めていた陰険な長女で、才能には乏しかったそうだがね」

ザビーネは語る。

「更には、それを咎《とが》めた父親を押し倒して剣の柄《つか》で殴り殺し、悲鳴を上げて抑えにかかる決闘の見届け人達にこう述べた。この場で最も強い奴がヴィレンドルフを継ぐ、私はレッケンベルからそう教えられたぞ、姉も父もいい機会だから殺してしまえ、と」

ザビーネは自分の杯に樽《たる》からエールを注ぎ、それをゆっくりと飲み干しながら、また話を再開する。

「誰も二の句を継げなかったそうだよ。ヴィレンドルフの第二王女に至っては、相続決闘を勝ち目無しと自ら放棄した。ヴィレンドルフ女王、カタリナは狂っている。理屈だけで生きてるモンスターだ。母親殺しに父殺し、姉妹殺しの三冠達成者。そんな化け物が、ポリドロ卿《きょう》のような人間に魅了されるか？　私はそうとは思えないね」

「……私はその逆であると思うのだがな」

アスターテ公が我が戦友にして、太陽。

そう称する男。

何度も言うが、アンハルト王国の国民としては、男としての魅力は判りがたいのだが。

あの騎士としての心根の美しさは、第二王女親衛隊と相談役の立場から、少ししか触れ合いを持たない我らでも判るのだ。

ましてヴィレンドルフでは、絶世の美男子なのだろう。

案外、そういった化け物にこそ好まれるのかもしれない。

「ポリドロ卿という人間が、騎士が、化け物の心を斬り殺してしまうかもしれんぞ」

「化け物を倒すのはいつだって人間だ、か。騎士らしい言葉ではあるかな」

はん、とザビーネは鼻で笑う。

「とにかく、私のポリドロ卿がヴィレンドルフの女に心奪われる事は有り得ない。ポリドロ卿は実のところは女男の関係ではウブで、可愛《かわい》い男と見たが、その心の奥底、根底だけは揺るがない。領地と領民だけは手放せない。ゆえに、敵国の女に心を揺るがすなど有り得ない事――」

「……和平交渉の条件に、是非ヴィレンドルフの女をポリドロ卿の嫁にと望まれたらどうするんだ」

ピタリ、とザビーネが止まる。

それは想定していなかった、という顔だ。

「いや、そんなの有り得る？」

「絶対ではないが、超人の子からは超人が産まれやすい。優秀な子種が欲しいと、ヴィレンドルフが望み嫁を差し出し、出来た長姉以外の子をヴィレンドルフに譲る。そういう交渉条件の成立は有り得るのでは？」

「利敵行為じゃん。そんなのアンハルト王国が、ヴァリエール様が認めるわけないぞ」

ザビーネが、聞いて損したとばかりにそっぽを向く。

だが――

「さて、どうだか。今回の交渉、正使はヴァリエール様だが……」

「実際の交渉はポリドロ卿だと？」

「違うか？」

ヴィレンドルフ戦役に参加したのはポリドロ卿。

そして第二王女相談役、ヴァリエール様の知恵袋もポリドロ卿だ。

ヴァリエール様は初陣を通して、成長なされた。

アナスタシア様とも和解され、今ではアナスタシア様自らがヴァリエール様に教育を施すようになったとも聞く。

だがしかし。

「決してヴァリエール様の事を貶《おとし》める訳ではないが。実際の交渉はポリドロ卿が執り行い、相談役として後ろから口を挟む、それは事実だろう？　そして、アンハルト王国の状況は、一騎士の私から見ても良くない」

「ポリドロ卿が、或《あ》る程度の条件ならば、和平交渉のためにそれを呑《の》むと？」

「宮廷の空気、悪くないか？　馬鹿な私でもそれを肌で感じるぞ」

親衛隊の一人、それがゆえに一代騎士に過ぎぬが王宮への登城権を持つ私、それですらも宮廷の空気が悪いのを感じるのだ。

ヴィレンドルフの再侵攻の不安視。

今度こそは万全の態勢で迎え撃つ、とはいかないのだ。

未《いま》だ遊牧民族との、北方での戦争は治まらぬ。

それが解決しない限り、またアスターテ公爵の常備軍500で迎え討つ事になりかねない。

いや、それよりも。

「今度は、我々も第二次ヴィレンドルフ戦役に参加させられるかもしれないな。そして死ぬかも」

「だからといって、ポリドロ卿が、いや……あの男は口でなんだかんだ言っても、他人のために身を削ってしまうタイプか」

「ザビーネほど呑み込めていないが、そういう性格な気がする」

ザビーネは頭を抱える。

「私はさあ、ポリドロ卿とエッチがしたい、ただそれだけなんだよ」

「知らないよ」

また話が最初に戻ったぞ。

酒が入っているしな、仕方ないね。

「享楽的な、退廃的なエッチだけの生活に溺れたい、ただそれだけなんだよ。一日三回は最低でもしたいんだよ」

「知らないよ」

それは単にザビーネの自家発電の回数ではないだろうか。

「どうしてこの世はこんなにも儚《はかな》い」

「あのさあ、物憂げに呟《つぶや》いてみても、現実は何も変わらないからね」

ともかく、ザビーネはヴィレンドルフを甘く見過ぎなのだ。

ポリドロ卿の貞操が、あの蛮族の、ポリドロ卿こそ理想の男性と崇《あが》める国でどうなるか。どんな運命を辿《たど》るのか。

それはまだ、誰にも判《わか》らない。

第二王女親衛隊の一人はそんな事を想《おも》い。

「それはそうと、お前等《ら》全員恋愛経験ゼロで、まだ処女なんだよね。私はお互い恋する人が出来たよ。ポリドロ卿っていうの。羨ましい？　ねえねえ、羨ましい？　え、お前ら恋人の一人でもいる？　おりゅ？　恋人おりゅの？」

「黙って死んでろ。貴様の髪を一房斬り落として、その髪でお前の首を絞め殺してくれる」

ゴミ屑《くず》のような挑発してくるザビーネを一発殴ってやろうと、私を含めた親衛隊13人全員が椅子から立ち上がった。

第31話　心を斬れ

本日はアンハルト王国王都より出立前の最終日となる。

ヴィレンドルフ和平交渉のための壮行会。

第二王女ヴァリエール、そしてその第二王女親衛隊、そして私ことファウスト・フォン・ポリドロ。

その16名で壮行会がささやかに行われる。

はずであった。

が。

「何故《なぜ》いらっしゃるのですか、お母様」

「逆に、何で来ないと思ったのですか？　大事な国事を前に、貴女達《あなたたち》に対して何も無しというわけにもいかないでしょう」

そう答えながら、リーゼンロッテ女王はワインを嗜《たしな》む。

さすがにクローズドな場ではないので、いつものスケスケなシルクヴェール一枚の姿ではない。

ちゃんとドレス姿で正装している。

相変わらずの鉄面皮であり、その要素がかえって女性としての美貌を引き立たせていた。

背中を開けたオープンバックドレスのうなじが私を誘惑してくるが、ちゃんと前は閉じている。

私はおっぱい星人である。

うなじには耐性があるのだ。

ちゃんとうなじ注意ヨシ！　と魔法の指差し呼称確認を心中で呟くと、全てはするりと片付きまする。

でもおっぱいだけは駄目だ。

アカンのや。

私はその巨乳にチンコを痛くしない事に、安心をする。

「しかし、ヴィレンドルフ対策は姉上――アナスタシア第一王女に一任していたはずでは」

「もはやその状況ではありません。確かにアナスタシアの面子《メンツ》を潰す事になるため、表向き言葉を挟むのは控えておりましたが、そんな状況ではないのです。限界ギリギリ一杯ぐらいの状況です」

リーゼンロッテ女王は、その妖艶な目で私を見た。

「ファウスト・フォン・ポリドロ」

「はい」

「この交渉一つ潰れたところで、我が国は滅びません。ですが、ヴィレンドルフの侵攻が再び始まれば、ヴィレンドルフ国境線の多くの地方領が、ポリドロ領を含めて切り取られる恐れがあります」

理解しているよ。

だから受けたんじゃねえか。

こんなの詐欺だぜ。

脳裏にいくつもの悪態が思いつくが、アンハルト王国としては精一杯やることはやっているので文句は言えない。

それでも打てる手がこれしかなかったのだ。

この交渉を成功させたときの高額な報酬も、私の新品のフリューテッドアーマーも、全てはそのために準備されているのだ。

「ヴァリエール、この交渉を成功させたなら、貴女の親衛隊全員の昇位も考えております」

「本当ですか、お母様!?」

「さすがに一か月、帰り道含めて二か月も経《た》たないでの更なる昇位は財務官僚が五月蝿《うるさ》いので、一年経ってからの約束手形になりますがね」

その宣言を聞き、歓声を上げるのはさすがに女王の前で失礼、と大声を上げようとしたザビーネの口を押さえに掛かる親衛隊たち。

よかったな、第二王女親衛隊。

それでだ。

褒美の約束は増やしてくれても別にいいんだが。

「ポリドロ卿《きょう》、ヴァリエール、話が有ります。少し壮行会から席を外して、私の居室まで来なさい」

ほら来た。

厄介事の雰囲気だぞ。

いや、交渉条件の打ち合わせか。

現状、アスターテ公が掠奪《りゃくだつ》してきた私財の返還、それ以外は手土産無しで行けと無茶を言われているんだが。

リーゼンロッテ女王には何か策があるのだろうか。

三人して、リーゼンロッテの居室に足を進めようとする。

警護の兵を呼ぶ必要はないか。

女王親衛隊の二人の気配が、チラリと廊下から感じ取れた。

ともあれ飲み食いを我慢している親衛隊に「先に始めておきなさい」とだけ声を掛け、リーゼンロッテ女王は歩き始める。

それに、ヴァリエール様と私も続くことにした。

廊下に出る。

「居室に着くまで、肝心な話はしませんが。そうそう、世間話でもしましょう」

「はあ」

リーゼンロッテ女王とその親衛隊の二人、それが先頭を歩きながら、私とヴァリエール様に話しかける。

リーゼンロッテ女王のからかい声。

「貴女達、まだ純潔？　まあ聞かなくても知ってますけど」

「放っておいてください」

「同じく」

ヴァリエール様は14歳。

侍童を食い散らかすにはまだ早い。

そして私は22歳。

いいかげん結婚しないと、この中世ファンタジーもどきの世界では拙《まず》い年齢である。

まあ、女のそれと違って、男の年齢条件は割と緩いのだが。

30歳を超えた後でも、普通に夫を亡くした家庭の後添えとして好まれる。

領地の事を考えると、一刻も早く跡継ぎが欲しい。

特にポリドロ領の後継者は私一人で、私が死んだら即領地は王家に没収されるだろう。

絶対に死ぬわけにはいかん。

早く、私の代わりに当主として軍役を務められるような武勲高い女騎士を。

もしくは、私が軍役に行く間に領地経営をしてくれる出来た嫁《めと》を娶らねばならない。

「アナスタシアといい、ヴァリエールといい、頑固ね。まあ、私も亡き夫と出会うまでは純潔だったけれど」

面倒臭いのよねえ、侍童に手を出すのも。

各領地から、高級官僚貴族を誑《たら》し込むように採用枠に送られてきて、さらには王配の座まで狙っている。

中央に近づけば近づく程、各地方領主にとっては利益がある。

そうリーゼンロッテ女王が呟く。

ハニートラップという言葉が脳裏に浮かんだ。

要するに、王宮に送りつけられてくる少年どもはハニトラ要員であり、承知した上でアンハルト王家はそれを地方領主の権利として許しているのだ。

その割には練度が低い。

先日も、私を嘲笑《あざわら》っていた事が第二王女親衛隊の一人にバレて、ヴァリエール様からアナスタシア第一王女様経由で伝わり、アナスタシア第一王女を、狂った食人鬼のように激怒させた挙げ句に領地に送り返されたと聞いたぞ。

王族に睨《にら》まれ、嫌われた侍童。

何が災厄をもたらすか判らない。

その侍童の未来は暗いだろう。

まあ、わざわざ侍童を各領地から雇用しているのだ。

男を侍《はべ》らせる、その意味では宮廷ほど相応《ふさわ》しい場所は無い。

しかし、私が笑われたところで何がアナスタシア第一王女を怒らせたのだろう。

まあ、ヴィレンドルフ戦役の戦友だしなあ。

あれでも、私の事を気遣ってくれているという事か。

普段から人肉を食していそうな外見であるが、人柄はそう悪い人ではないのだ。

「亡き夫を、ロベルトを、夫に決めたのは見合いの釣り書きの第一印象じゃなかったのよねえ」

リーゼンロッテ女王の会話。

今は亡き王配の話。

ほんの少しだけ興味がある。

「彼もまた、侍童として宮廷に送られてきた一人だったわ」

「お父様は、公爵家出身なのにですか？　家で大切に育てられていたものとばかり」

「そうよ。公爵家出身で、家からハニトラなんか求められてもいない、筋骨隆々の姿の人だったわ」

だから好きになったのかもしれない。

そんな事を、リーゼンロッテ女王は呟く。

そして庭を指さした。

庭の一角に設けられた、美しいとしか言いようがないバラ園。

「ほら、私の夫が作り上げた、バラ園よ」

「あのバラ園、お父様が造り上げたのですか？　確か違う物と」

「夫が侍童として、宮廷に上がっていたのは二年に過ぎなかった。だから、やったのは基礎のみよ。もちろん手入れは結婚後もしていたのだけれど」

ヴァリエール様の言葉に、リーゼンロッテ女王の頬が、緩む。

「私だけが知っていた秘密よ。アナスタシアも知らない。どうやら、公爵領にあったバラ園を再現しようと思ったけど、時間が全く足らなかったらしいのよねえ」

リーゼンロッテ女王が笑う。

「馬鹿な人。一応、宮廷には上がって侍童を務めたぞ、という実績作りに宮廷に勤めただけなのにね」

軽い罵りの言葉を入れる。

それには最高の愛情が籠もっている事ぐらい、誰にでも理解できた。

「私はあの人が庭で、貴族の女を誑《たぶら》かすどころか、汗だくになって土や花を弄《いじ》っている姿を、この廊下で眺めるのが何より好きだった」

リーゼンロッテ女王が、何かたまらない感情になったらしく、胸元を押さえながら目を閉じる。

「だから、私はあの人を夫に選んだ」

そして目を開き、憎々し気に言った。

「でも、殺された。この宮廷にて誰かに、5年も前に」

王配ロベルト。

その名の続きには、おそらくかつては公爵家であるアスターテの名が、今ではアンハルトの名が冠されるのであろうが。

今はただのロベルトと呼ぼう。

それが、リーゼンロッテ女王と、今は亡き王配ロベルトへの敬意に繫《つな》がる気がする。

今でも、王宮では王配暗殺者の捜査が行われていると聞く。

同時に、女王もそれをすでに諦め、捜査の打ち切りを考慮に入れているとも。

5年か。

それだけ時間が経てば、もはや犯人は見つかるまい。

「……少し、気が変わりました。私の居室ではなく、バラ園で話をしましょう。人払いを」「リーゼンロッテ様。代わりの警護は」

人払いを頼まれた、女王親衛隊の二人がやや疑問の声を呈するが。

「ポリドロ卿がいるでしょう？　無手でも暗殺者に負けやしないわよ」

「まあ、そうですね」

あっさりと納得した。

王家から私は、それなりに信頼されているらしい。

まあ、グレートソードこそ持っていないが、懐剣の一つは腰に下げているのだがね。

たとえ精鋭の暗殺者でも、10人までなら徒手空拳にて余裕で殺せる。

それがリーゼンロッテ女王やヴァリエール様を庇《かば》いながらでもだ。

「では、周囲の人払いをします。バラ園にお入りください」

「行きましょうか、ポリドロ卿、ヴァリエール」

リーゼンロッテ女王は、私達《たち》二人に声を掛けた。

その声に誘われる様に、庭へと降り、バラ園へと足を向ける。

黙って歩を進める。

フェンスのアーチをくぐり、入り込んだその中は。

ローズフェンスに彩られたそこは、私の想像もつかない絢爛《けんらん》に満ち溢《あふ》れていた。

「美しい！」

思わず声をあげる。

花に興味など無かった。

前世でも、今世でも。

だが、これは――美しい光景というしかなかった。

赤いレンガが敷かれた道を包む、ローズフェンスのバラの花々には、美しいの一言しか出なかった。

「気に入って頂けたようで、何より嬉《うれ》しいわ」

リーゼンロッテ女王が、本当に嬉しそうに声をあげる。

「貴方《あなた》は男だけど、花には興味なんて無いと思っていたから」

「……薬効のある花以外に興味はありませんでした。しかし、今日初めて純粋に花の美しさに興味を持ちましたよ」

ローズガーデン。

そこを歩くのは、前世でも今世でも初めてであった。

このように美しいものだとは。

「僅か100mばかりの散歩道。このローズガーデンにあるバラの小径《こみち》を案内したいところだけど。それは話の後にしましょう。中央にガーデンテーブルがあるわ」

リーゼンロッテ女王に誘われ、言葉通り中央に設置されているガーデンテーブル。

そこに三人して腰を掛ける。

「ヴィレンドルフとの交渉、それは正直難航すると思うわ」

「……承知しております」

ヴァリエール様が、私の代わりに答える。

ああ、難航すると思うよ。

ヴィレンドルフ側に、和平交渉を結ぶ意思が最初からあるのかどうかすら疑問だ。

「最大の交渉点、英傑レッケンベルの首もファウストがその場で返してしまった」

「……申し訳ありません」

私が頭を下げる。

「いいのよ、返さなければ、それを取り戻そうと今頃ヴィレンドルフは死に物狂いでアンハルトに襲い掛かっていただろうし。貴方の判断は正しかった。それに……一騎討ちの遺体をその場で返還したことは、騎士の誉れよ。貴方の行動を咎《とが》める連中など、愚かな侍童くらいのもの」

レッケンベルの遺体が手元にあれば、和平交渉は容易《たやす》く結べたであろう。

だが、それ以前に停戦自体が成り立たなかったであろう。

二人、妄想とすら言ってもいい、無駄な事を考える。

「話を戻しましょう。ヴィレンドルフとの交渉点。私は女王カタリナの心にあると考えている」

「心、ですか？」

「あの女は私と違って愛など知らない。貴方がローズガーデンの美しさを知らなかったように」

リーゼンロッテ女王は、私が美しい！　と口走ったその喩《たと》えを口にする。

冷血女王カタリナ。

その逸話については、王家から情報が回って来ていた。

父殺し、姉妹殺しの二冠。

母親殺し――そう呼ぶのは違うであろう。

命がけの出産で母が亡くなったのを、ヴィレンドルフでは、そう呼ぶのか。

私は少し不快に思う。

未《いま》だ我が亡き母親への後悔は晴れない。

「ポリドロ卿《きょう》。女王カタリナの心を斬りなさい」

「心を、ですか」

「そう、心よ」

私は少し戸惑いながら、返事をする。

「貴方の全てがアンハルト。それをカタリナ女王は上から覗《のぞ》き込む。そして判断するわ。戦争再開か、和平か」

「私個人の在り方が、そこまで関わるのですか？」

「関わるのよ。全てのヴィレンドルフは、貴方をアンハルト代表として見る」

リーゼンロッテ女王は、私の瞳をじっと見つめる。

その目は怖くない。

アナスタシア第一王女のあの眼力《めぢから》は、誰に似たのだろう。

父親ロベルトではあるまい。

隔世遺伝か？

「あの、お母様。正使は一応私なんですが。まあ一応なのは私も判《わか》ってるんですが」

おそるおそる、ヴァリエール様が手を上げ、批難の声をあげる。

「そこのところ踏まえて行動しなさい。そしてヴァリエール、貴女《あなた》はとにかく殺されないように気を付けなさい」

「そこは死んでも役目を全うしろと言ってください。それがお母様の愛情なんだと最近判りましたけども」

ヴァリエール様がブチブチと零《こぼ》す。

リーゼンロッテ女王は、優し気に声を掛けた。

「本当は、貴女をヴィレンドルフにやりたくないのよ。ファウストも……だけど」

私もやりたくないのか。

まあ、死ぬ危険性も僅かとはいえあるしな。

ヴィレンドルフの価値観で私が殺されるなどあるまいが、女王カタリナは違う。

ヴィレンドルフの異物だ。

どうなるかなど、予想できない。

「ポリドロ卿。もう一度言います。女王カタリナの心を斬りなさい。交渉の突破点は、交渉条件などではない。その心のみにあります。レッケンベル卿——母親のようなその存在を失ってなお、歪《ゆが》まず冷静さを保っている心を揺り動かしなさい」

「承知しました」

私はガーデンテーブルから腰を上げ、膝を折り、礼を正す。

心を斬れ？

どうやってやんだよ。

お前の話抽象的すぎんだよ。
乳揉《も》むぞ。
心中では無茶ぶりそのものな、リーゼンロッテ女王のその台詞《せりふ》に、悩まされながら。
ファウスト・フォン・ポリドロはこっそり溜《た》め息《いき》を吐《つ》いた。

第32話　汝は英傑なりや？

もう一度。

それも三か月も経《た》たない内に、ここに来るとは思わなかった。

ヴィレンドルフ国境線。

アンハルト王国とヴィレンドルフ王国の境目。

それも、私があのカロリーヌを討ち果たしたのと全く同じ場所である。

「ここで、私の母カロリーヌと、ファウスト様が一騎討ちをしたのですね」

「ああ」

私の背中にしがみ付き、フリューゲルに二人乗りしている少女。

マルティナの、感情の読めない言葉が響いた。

それにどう答えていいのか少し悩んだ後、静かに頷《うなず》いた。

「我が母は強かったですか」

「弱くはなかった。超人に一歩足を踏み入れてはいた人物だろう」

弱くはなかったのだ。

更には人望もあった。

カロリーヌ指揮下の領民は、殲滅《せんめつ》されるまで、一人として逃げなかった。

最後の一兵まで死兵となって戦っていた。

戦場でも認めたが、一廉《ひとかど》の人物ではあった。

何だろうなあ。

ボーセル領の末路、その内実、すれ違い、それを考えると、どこか虚《むな》しくなる。

カロリーヌは視野があまりに狭かった。

そして、何よりも運がなかったのだ。

何かの拍子一つで、今頃マルティナをボーセル領の後継者とする幸せな未来が待っていた。

そう考える。

「我が母は愚かでした」

「母親の悪口は言うもんじゃないぞ。我が領内でよければ墓だって――」

「ファウスト様は、優しすぎるのです。墓などいりませぬ。ファウスト様が、批難をされます」

だろうな。

愚かな言葉を吐いた。

売国奴の墓は建てられない。

立てたところで、その墓に名を刻むことは許されない。

死骸も、その墓の下には眠っていない。

だが、マルティナだけは。

「マルティナ。子供が母を貶《けな》すのは、正直心苦しい。止《や》めてくれ」

「ファウスト様が、そう仰《おつしや》るのなら」

子供が、その母親を貶すのは、傍《はた》から見ていて辛《つら》いものが有るのだ。

その咎が、子供に及んだ経緯があるにしてもだ。

私のワガママかな、これは。

いや、事実そうなのだろうな。

私はまた、虚しさを覚える。

「ファウスト様、先触れを済ませてきました」

従士長のヘルガが、息を切らせて帰ってくる。

ヴィレンドルフ国境線、その向こう側から。

「回答は？」

「ポリドロ卿の到着を、心からお待ちしていた、との事です。感触としては悪くありませんでした」

「そうか」

まあ、悪くないならば良い。

さて、と。

私は後方で馬車を何台も引き連れている、イングリット商会へ声を掛ける。

「イングリット！　馬車でマルティナを預かっていてくれ!!」

「ファウスト様、私は貴方《あなた》の騎士見習いですよ？　常にファウスト様の御傍《おそば》に」

「正直、子供と馬に二人乗りでは様にならん。納得してくれ」

マルティナは商会の馬車に、一時隠しておこう。

別に争い事になる心配はしていないが。

私の予想が確かならば、面倒事にはなる。

どの道、マルティナを背中に乗せているわけにはいかん。

「承知しました」

不承不承ながら、マルティナが頷いて馬から降りる。

フリューゲルが、自分から降りるのを優しく補助してくれていた。

私はそのフリューゲルの首を優しく撫《な》でた。

機嫌は直ったようだ。

この愛馬ったらもう、一か月放牧していたせいか、私の顔を見るなり突進してきて、顔を擦り寄せてきたが。

その後は私の服を噛《か》んで引っ張って、地面に引きずり回そうとした。

悪かったよ。

本当に賢いな、フリューゲルは。

怒るお前も可愛《かわい》い。

私が愛馬の可愛さに、現実逃避している間にも——

「ファウスト。こちらの準備もオーケーよ」

ヴァリエール様が、声を掛けてくる。

第二王女親衛隊の準備も整ったようだ。

全員整列している。

「では、ヴァリエール様。我ら全員に行進の命令を」

「判ったわ。全軍、行進！」

ヴァリエール様と私。

その両名が馬を並べて先頭を進み、その背後を横一列に並んで、第二王女親衛隊と我がポリドロ領の領民達《たち》が進む。

更にその背後には、イングリット商会の、交易品を満載にした数台の馬車。

もう商売始める気なのか、イングリットよ。

そうそう、『アレ』はちゃんと大事にとって維持しているのだろうな。

私は『アレ』について思いを馳《は》せる。

ヴィレンドルフ女王、カタリナへの贈呈品。

色々考えたが、これぐらいしか思いつかなかった。

カタリナ女王の心を斬り殺す方法など、全く思いつかん。

出たとこ勝負だ。

そんな思考をしている間にも、国境線の向こうに人影が見えた。

騎士としては間違いなく第二王女親衛隊より、あちらの方が強い。

おそらくはヴィレンドルフ戦役経験者であろう。

そんな十数名のヴィレンドルフの騎士達が待ち構えていた。

「アンハルト王国正使、第二王女ヴァリエールである!!」

「アンハルト王国副使、ファウスト・フォン・ポリドロである!!」

名乗り。

国境線の前、数メートルまで近づいて、我々が名乗りを上げる。

だが。

「ポリドロ卿《きょう》！　兜《かぶと》を脱がれよ!!」

返って来たのは、ヴィレンドルフ騎士指揮官の名乗りではなく。

兜を脱げとの台詞であった。

「似合わぬか？　これでも気に入っているのだがな！」

「似合わぬ。その巨軀《きょく》、その馬、間違いなくファウスト・フォン・ポリドロ卿であろう!!

だが、そのグレートヘルムは、その見事なフリューテッドアーマーには、余りにも似合っておらぬぞ!!」

カラカラとした、笑い声。

侮蔑の笑い声ではない。

友人の、少し間抜けな姿のそれを笑うような声であった。

私は苦笑する。

気に入っているのになあ、このバケツヘルム。

視界は狭いけれど。

私は兜を脱ぎ、その下に隠された苦笑を見せる。

暫《しば》し、ヴィレンドルフ側全員が黙り込んだ。

そして私の顔を黙って凝視している。

「よろしい！　全く宜《よろ》しい！　英傑詩以上の美男子である！」

「アンハルト王国では全くモテんがな！　未《いま》だ嫁も来ぬ!!」

「ならば！　我が国に来ればよいのだ！　ファウスト・フォン・ポリドロほどの美男子であれば、我が国の誰もが歓迎するぞ！　舌に生唾絡めて、領民全ての女が待っておる!!」

勧誘と来たか。

まあ、最初のやり取りとしては感触は悪くない。

なんか、指揮官が落馬しそうなくらい前のめりに身を乗り出し、私の顔を凝視しているが。

「そうだ、私などどうだ！　今の夫を捨てても良い!!」

「生憎《あいにく》、人妻には手を出さん主義だ！」

軽口をまだ続ける。

おそらく、この指揮官が先導してヴィレンドルフ王都まで案内してくれるのであろう。

ここで印象は良くしておきたい。

「残念！　お前と会うのが我が夫と出会う前であったならばな。心の底から残念に思う！」

「夫は大事にすべきだぞ！」

「そうだな！　だが惜しい！」

素直に諦めろよ。

本当に人妻は駄目なんだよ。

略奪愛は御免だし。

以前、レッケンベル卿の第二夫として求められたが、あの場合は緊急時だ。

そうそう、未亡人はアリだぞ。

むしろ興奮する。

どうでもいい、性癖。

それを考えながら、ファウストは愛馬フリューゲルを歩かせる。

「では、諦めてもらったところで、国境線に入らせてもらうぞ」

「待たれよ！」

指揮官が声を張り上げる。

そして、背後の全身鎧《よろい》の姿である騎士達に顎を向けた。

「ここに数名の、選ばれた志願者がいる。貴公が本物のファウスト・フォン・ポリドロ卿というのなら何の志願か判《わか》るな！」

　やはり、そうくるか。

「ああ、判ってる。一騎討ちであろう？　刃引きの剣の用意は？　和平交渉で死者は出したくない」

「すでに二つ用意している。休憩時間は好きなように！　馬に乗るか、降りるかもそちらの希望！　但し、我が志願者が貴方を破りし時は、その者の夫となってもらいたい!!　我が国に来いとまでは言わん。しかし、長姉以外の子供は譲ってもらうぞ!!　未来のヴィレンドルフにおける英傑の子を!!」

　宜しい。

　全て予想通りの展開である。

　馬は降りるか。

　万が一にもフリューゲルに傷を付けたくはない。

　まあ、新しく作られた馬具、まるで馬鎧のような魔術刻印総入りの赤い布に覆われた、フルアーマーモードである愛馬フリューゲルが傷つく事など有りはしないと思うのだが。

　念には念を入れておく。

「ちょっと待って！　ファウスト、この勝負受けるつもり!?　私達は和平交渉に来たのよ！　それに、貴方が勝っても何も得る物が」

　慌てるヴァリエール様。

事前に、こうなる展開が予想される事を話しておくべきであったか。

まあ、説明するのは先でも今でも変わらん。

「レッケンベル卿」

私は一人の、ヴィレンドルフきっての英傑の名を口にする。

「ヴァリエール様。レッケンベル卿は、あのヴィレンドルフ戦役において、有無を言わさず私を騎士団で取り囲み、殺す事も出来たのです。しかし、それはしなかった」

バケツヘルムを被《かぶ》り、その接合具を付け直しながら、ヴァリエール様に説明する。

「ヴィレンドルフの英傑だからです」

説明は一言だ。

たったそれだけの理由で、レッケンベル卿は我が一騎討ちを受けた。

それが、ヴィレンドルフの文化、価値観であるがゆえということは知っている。

だが。

「私は、アンハルトの英傑です」

たとえ、この筋骨隆々の姿をアンハルト国民の周囲に侮蔑されようとも。

領民300人ぽっちの弱小辺境領主騎士であろうとも。

それだけはアンハルト王国の誰もが認める事実だ。

「相手が一騎討ちを避けなかったのです。私が避けて良い道理はないと考えます。これが和平交渉であろうとも、それがどんな時、どんな場所、どんな状況で在ろうとも。ヴィレンドルフ騎士との一騎討ちより、私は逃げない。もし逃げれば、ヴァルハラのレッケンベル卿が、あんな男に私は負けたのかと嘆くでしょう。レッケンベル卿との闘いは、私の誉れであります。これだけは譲れない」

「よくぞ！」

感じ入った。

指揮官が私とは逆に兜を脱ぎ、私の顔を凝視しながら、まさに感じ入ったという様子で絶叫する。

「よくぞ言ってくれた！　まさに英傑詩の通りよ！　我らがヴィレンドルフに相応《ふさわ》しき永遠の好敵手よ!!」

指揮官が、両手を広げて絶叫する。

そして、背後の騎士達に呼びかけた。

「お前等《ら》はあの美しき野獣に勝てぬであろう。それは判っている。だが、己に恥ずかしい闘いはするな！」

「承知！」

騎士達の内、一人が前に歩み出た。

私はグレートヘルムの接合具を嵌《は》め、完全に兜を被り終える。

そして静かに歩み寄るヴィレンドルフの兵から刃引きの剣を受け取り、その具合を確かめる。

うん、悪くない。

これなら、手加減すれば殺さずに済むであろう。

「では、始めるとしようか」

ポンポン、とフリューゲルの腹を叩《たた》く。

愛馬フリューゲルは私の意を介し、やや不機嫌でありながらも、その身を私の近くから離した。

※

「これ、本当に和平交渉？」

「ヴァリエール様。ヴィレンドルフが相手というなら、この方法が正しいのでは？」

私の独り言。

その呟《つぶや》きに、背後にいる親衛隊長であるザビーネが答える。

丁度いい、一騎討ちが終わるまで会話しよう。

「野蛮、というのは少しだけ違うわね。でも、何か間違っている気がするのだけれど」

「違和感は覚えますが、私のポリドロ卿が納得するなら仕方ありません」

いつからお前の物になったのか。

ザビーネの発言に若干の違和感、それを覚えながらもザビーネに再び問う。

「……いつから、ファウストと付き合うように？　それを咎《とが》める気はないけれど」

「いえ、正確にはまだ付き合ってはおりませぬ」

それで私のポリドロ卿とかぬかしていたのか。

ザビーネのいつもの酷《ひど》い誇大妄想である。

彼女はとても重い病気なのだ。

私はそう見切った。

「ですが、この和平交渉の旅路で、一発ぐらいエッチに及ぶ機会はあるでしょう」

「そんな暇ないわよ」

本当にあるわけないでしょ、そんな暇。

ヴィレンドルフの連中に、警護の名の下に厳重に見張られる毎日がこれから続く。

板金鎧がぶつかり合う衝突音、金属が擦れ合う、背筋がぞっとする音。

私は相手の全身鎧にその身をぶつけ、組み打ちに持ち込んだファウストを見やる。

ファウスト、格闘術もできるのか。

というか、あの２ｍを超える巨軀ではそれ自体が武器か。

相手はひとたまりもあるまい。

「ああ、投げた」

「投げましたね」

ファウストが、全身鎧を装備した身長１８０㎝に近い敵騎士を、勢いよく投げ飛ばした。

背中を強打し、身動きが取れないでいる敵騎士。

ファウストはその騎士に歩み寄り、首元に刃引きの剣を軽く当てた。

その音は軽く、加減に満ちている。

「勝者！　ファウスト・フォン・ポリドロ卿《きょう》」

敵指揮官が勝敗の結果を下す。

ファウスト、初陣の現場にて嫌というほど判ってはいるけれど強いなぁ。

2mの巨軀《きょく》、その外見以上の馬鹿力と、敵100名相手に50名以上を殺して回る体力オバケ。一騎討ちに持ち込めば、必ず負けないと本人すら自負する、その神に与えられたような戦闘における才能。

果たして勝てる人間がこの世に存在するのだろうか。

「一騎討ちで負ける心配、はしなくても良さそうなんだけど……ファウスト、それがどんな時、どんな場所、どんな状況で在ろうともって言ったわよね」

「言ってましたね」

「この旅路で、こんな事が幾度も起きるの？」

まだ、国境線手前。

ヴィレンドルフに国境入りすらしていないのだけれど。

こんな事がヴィレンドルフ国内では何度も続くのか？

私は憂鬱に、ため息を吐《つ》いた。

第33話　空虚な王座にて

「何をやっているのだ」

　私は叱責の言葉を紡いだ。

　国境線の騎士共が勝手をしているのだ。

　ヴィレンドルフ女王、このイナ＝カタリナ・マリア・ヴィレンドルフの名において招き入れた使者に無礼を働いているのだ。

「相手は和平交渉に来たのだぞ。理解しているのか。いや、理解していてこのような事をしているのか」

「理解していてやっております。最初の一騎討ちは誠に勝手な判断と言えますが」

　しわくちゃの顔をした老婆であり、同時に眼光が常人のそれではない眼前の軍務大臣が、酷く冷静に答える。

「通信機――水晶玉の報告によれば、国境線の騎士達《たち》による一騎討ちの申し込みを受けた際、その口上にてファウスト・フォン・ポリドロが『それがどんな時、どんな場所、どんな状況で在ろうとも。私は逃げない。もし逃げれば、ヴァルハラのレッケンベル卿が、あんな男に私は負けたのかと嘆くでしょう』と。その宣言を受け止めたゆえの騎士達の暴走です」

「レッケンベル、か」

その名を聞くたびに、不思議な感情に囚《とら》われる。

喜怒哀楽と呼ばれる感情の内、『哀』と呼ばれる感情がこれであるのか。

それすら私には理解できないのだ。

「仕方ないのか」

「仕方ありませぬ。その口上を聞いた時点で、もはやこれはヴィレンドルフの国中に伝えねばならぬ、と記録係が魔法の水晶玉を使い、各地にその記録を伝えました。記録係としての役目を承知すれども、ヴィレンドルフの騎士であります」

「舐《な》められてはならぬ、という事か？」

その感情がわからぬ私には理解できぬ。

素直に、想定を軍務大臣に尋ねる。

「その全く逆です。もはや、この口上を聞いて、立ち上がらなければ失礼に当たる。ヴィレンドルフの全てを受け入れてくれたファウスト・フォン・ポリドロに報いねばならぬのだ。その心構えで当たっております。そして、レッケンベル卿への想《おも》いからです」

「レッケンベルへの想い？」

「レッケンベル卿への追悼です。未《いま》だ誰もが、彼女の、英傑の死を認められずにいるのです」

騎士、兵、国民の多くが、レッケンベルの遺体を見ていない。

我が国の英傑であるのに、負け戦であるからと、定例通りパレード無しの葬儀をしてしまったからだ。

その野花に包まれた、いつものように糸のような細い目をし、うっすら微笑《ほほえ》んだレッケンベルの死に顔を。

憤怒の騎士の猛攻により、鎧《よろい》に多くの刃跡を刻みつけられた、その戦場姿のままの遺体を。

彼女を知る多くの者達が、その結末を見届けていないのだ。

レッケンベルよ。

私は悲しい。

私は既に、お前の死を認めてしまった。

その葬儀にて、お前の一人娘であるニーナ嬢から与えられた言葉が忘れられぬ。

カタリナ女王は、母に確かに愛されていたと告げられた。

なのに、私にはその愛情が理解できない。

私は出来損ないだ。

お前という存在無しでは、出来損ないの女王なのだ。

この冷血はお前を失ったことにより、ついに空虚な木偶《でく》人形になり果てた。

残火はただのおまけで、冷血女王カタリナの名の下に政務をこなすだけの生き物だ。

「ファウスト・フォン・ポリドロに挑むことがレッケンベルの追悼に繋《つな》がるというのか」

「これほど見事な騎士に敗れたなら仕方ない。その納得を誰しもが求めているのです。ファウスト・フォン・ポリドロに誰もが挑み、誰もが負けねば納得に辿《たど》り着けないのです。死して二年を過ぎても、レッケンベル卿は、あの英傑は、未だ皆の心の中に眠っているのです」

「納得、か」

ならば、私も納得しよう。

ヴィレンドルフとは、その騎士とは、その兵とは、国民とは、未だ、なのだ。

未だ英傑レッケンベルの死を受け止めきれずにいる。

ならば認めてもらおう。

放置すればよい。

「なれば、我が国ヴィレンドルフ騎士の全てに、ファウスト・フォン・ポリドロに対する一騎討ちの許可を与える。国境線の騎士達の暴走も追認しよう」

「宜《よろ》しいのですか」

「それがヴィレンドルフなのであろう？」

理屈は理解できる。

そういう国なのだ。

感情は理解できぬが。

ヴィレンドルフとは、そういう国であるのだ。

ならば、それを追認しようではないか。

「ファウスト・フォン・ポリドロは今どこにいる？」

「国境線の一騎討ちにて、選抜された国境線の精鋭騎士6名を休憩無しに撃ち破り、その後に入国しております。アンハルト国境線、前線指揮官の先導の下に……情報の遅れはありますが、続きを言っても宜しいでしょうかな？」

「構わぬ。水晶玉の通信にも、数に限界がある。王都までの道程の、全ての地方の領主が水晶玉を有しているわけではない」

コクリ、と軍務大臣が頷《うなず》いた。

どうでもいいが、この老婆何歳なのだろうか。

私がレッケンベルと初めて出会い、それに立ち会った5歳の時から老婆な気がする。

まあ、本当にどうでもいいが。

「その王都までの進路、道程、ありとあらゆる小さな村、街、地方領主が持つ領地、直轄領、諸侯領その全てにおいて一騎討ちを行っております」

「結果は？　聞くまでもないが」

「全勝です。直轄領の代官、地方領地の領主、諸侯領の名高い騎士たち、その領地の大小に拘《かか》わらず、その土地を代表する全ての騎士と、選抜された騎士が挑み、それらを相手取って休憩無しの一騎討ちにて全勝を果たしております」

で、あろうな。

そうでなければ、レッケンベルに勝てるはずもない。

ああ、アイツは真の英傑であった。

「それで、彼女達は納得したのか？」

「これで納得したでしょう。嗚呼《ああ》、レッケンベル卿は確かに死んでしまわれたのだなと。やがてそれが国中に伝わり、誰もが納得せざるを得ないでしょう」

「そうか」

少し、よくわからぬものが心中でくすぶっている。

ヴィレンドルフ戦役から2年と少し、それが経《た》っても納得いかなかった騎士共が。

ついにレッケンベルの死を受け入れてしまった。

それが奇妙な燻《くすぶ》りを生んでいるのだ。

「今、ファウスト・フォン・ポリドロは幾度一騎討ちを行った？」

「68です。68戦68勝。情報は常に遅れていますので、まだ現在進行形で増えておりましょうが」

「そうか」

ここに辿り着くまでに。

私の目の前、この私の座る玉座の眼前に辿り着く前に100戦100勝でもしそうな勢いだな。

「英傑とは何なのだろうな。何故《なぜ》、レッケンベルやファウストのような存在がこの世に現れるのだろうな」

「それは摩訶不思議《まかふしぎ》、まるで魔法のような現象であります。まさに神が認めたと言わざるを得ません。但し、カタリナ様の挙げたその両名ともが、1000年に一度ようやく現れる逸材でありましょう」

「この選帝侯、ヴィレンドルフの100万を超える全ての領民から1000年に一度現れる、たった一人か」

それを失ってしまった。

レッケンベルの喪失は大きい。

北方の草原に住む遊牧民族、ヴィレンドルフを襲う略奪者共は情報を重視し、勝てない相手とは争わない。

だから、レッケンベルに族滅され、勢いを失った北方の遊牧民族達は攻め込まなくなった。

なれどレッケンベルの喪失を知れば、いずれ我が国への略奪を再開するであろう。

「色々と対策を考えねばならぬ」

帝国——我らが帰属する、いや、帰属してやっている神聖グステン帝国。

選帝侯たるアンハルト王国、そしてヴィレンドルフ王国が選挙権を有する、その帝国からの通達があった。

双方戦争を直ちに止《や》め、北方の遊牧民族の族滅に協力した方がよいと。

それを今まで、両国ともに無視してきた。

たかが皇帝風情に、選帝侯たる我らがそんな事を指図される覚えはないからだ。

我々の国の事だ、我々は好き勝手に生きていく。

皇帝など、ぶち殺せば代えの利く首にすぎなかった。

それで今までは良かった。

だが。

「神聖グステン帝国の報告、どう思う？」

「気になりますか、遠い遠いシルクロードの先、東方の事が」

「うむ」

神聖グステン帝国から、一つの興味深い報告が到着している。

東方で一つの王朝が滅んだと記されている。

滅ぼしたのは、遊牧民族。

より詳細に言えば、遊牧国家というべきか。

ともあれ、遊牧民族共が纏《まと》まり、国家と化し、一つの王朝を滅ぼしたと聞く。

奴《やつ》らは部族連合を組み、襲ってくることはままあったが――遊牧民族同士でお互いに抗争を続けており、いわば国家としての纏まりが無かった。

それが纏まったという。

考える。

考えよ、イナ＝カタリナ・マリア・ヴィレンドルフ。

東方からその遊牧国家が我が国に襲い掛かってくる可能性は？

答えは否だ。

遠すぎる。

拡大には時間が、そう、時間がかかるであろう。

遊牧民族だけではなく、そもそも神聖グステン帝国とて同じ様であり、利権が絡んだ以上は人などそう簡単に纏まらぬ。

なれどもだ。

「人はそう簡単に纏まらぬ。しかし、現実には纏まった遊牧民族どもが王朝を一つ滅ぼしている」

「纏まれば、それを成したカリスマが居れば強いでしょうな。我らとて、あの者どもが弱兵などと侮ったことは一度とてありませぬ」

「東方の大草原にて、水場の争いで永遠に殺し合い、豪雪、低温、強風、飼料枯渇、ありとあらゆる艱難辛苦《かんなんしんく》に遭い、この世でもあの世でも地獄に落ちていれば良いものを」

厄介である。

遊牧民族が纏まれば、非常に厄介な存在となる。

神聖グステン帝国の報告は、おそらく事実であろう。

我が国にも数名、武将、東方の騎士ともいうべき存在が流れてきているのだ。

この国では、武力さえあれば、軍事的階級として認められると聞いた。

聞いたからこそ、滅んだ国から遥々《はるばる》西方まで来たのだ。

いずれ奴らはやってくる。

復讐《ふくしゅう》がしたい、と。

「神聖グステン帝国の報告は虚偽ではない。それは判《わか》っている」

「それをアンハルト王国は未《いま》だ知らぬでしょうな」

「あの国は身分制度がやや硬直化しているため、東方の武芸者などがつけ入る隙間は無い。無論、魔法使いや優れた超人なれば別としてだが……」

アンハルト王国に流れた武将など、一人もいないであろう。

国の内情を知れば、全ての東方の武将がこちらに集まる。

さて。

「この情報、事実東方の武将が流れてきている情報を、アンハルト王国に教えるか教えないか」

「アンハルト王国が、神聖グステン帝国の報告を信じないほどに愚かでありましょうか」

「いや、そこまで愚かだとは思っていない。なんだかんだ当代のリーゼンロッテ女王は英明だろう。同い年のレッケンベルと比較される程度には優秀であるのだから」

信じはするだろう。

だが実感は湧かぬであろう。

我が国のように、東方の武将がその武力によって地元にて名を成し、脅威を訴えない以上は。余所者《よそもの》でも実力あれば発言権を持つ国家制度でない限り。

ある程度の者なれば理解できるレベルに落とし込まれなければ、長だけが理解していたところで、とても動けぬ。

そういうものなのだ。

「さてはて、どうしよう」

「未だ、和平交渉にすら迷っている状況でありますからな」

「そうだな」

どうしたものか。

言葉で迷いを口にする。

遊牧民族が、その遊牧国家がいずれアンハルトとヴィレンドルフの北方に押し寄せてくるのであれば、手を組まざるをえない。

だが、信頼のおけない味方、実力のない味方程に厄介な物はない。

まして身内ではないのだ。

ヴィレンドルフ単体で立ち向かった方がマシかもしれぬ。

アンハルトを侵略し、後方の憂いを無くして地力をつけたヴィレンドルフにて。

「……やはり、ファウスト・フォン・ポリドロに全てが集約する」

「そうなりますか」

「私は、ただ待つ」

ファウスト・フォン・ポリドロをこの玉座にて待つ。

それだけだ。

この玉座の眼前にて、ファウスト・フォン・ポリドロという玉を見据える。

そして捉える。

アンハルト王国の今を。

いくら言葉を繰り返しても、すべきことはそれだけであった。

「カタリナ女王、それはそれとしてですが」

「何か」

「そろそろ、夫を……後継者を作ってもらわねば困ります」

またその話か。

私は後継者など作る気はない。

「まだ、姉が存命だ。夫も取っている。その子を我が後継者とすればよい」

「……あれは不出来です。カタリナ女王の母上は、それは見事な女王でございましたが、夫と長女、そして次女は不出来でございます」

「私との相続決闘を拒んだ事が原因か？」

尋ねる。

長女と父はこの手で殺した。

次女は、長女とは違い、私に嫌がらせすることもない、ただただ凡庸な人間であった。

ふるふる、と首を軍務大臣が振る。

「不出来でございます。ただただ不出来でございます。カタリナ女王との相続決闘を拒み、命を惜しんだ事も多少は原因ではありますが……次代のヴィレンドルフ女王の母、それとしては余りに不出来でございます」

「その子が有能という事もあるやもしれんぞ。あれでもヴィレンドルフ王家の血だ」

「子を奪い、カタリナ女王の下で育てれば或《ある》いは」

そうすれば認めるという事か。

断る。

「断固として断る。そんな面倒は御免だ」

「ならば、せめて子を生《な》されませ。夫を取らずとも構いませぬ。そこらの侍童を相手に純潔を切り捨てて」

「……」

私は沈黙する。

面倒だ。

それがゆえ、世間では珍しく22歳まで独身、純潔を保ったままでいるのだ。

私が男を愛する事などあるのだろうか。

きっとありはしまい。

ありはしないのだ。

レッケンベルがもし男であったなら、と思うが。

それはくだらぬ妄想だ。

嗚呼《ああ》。

何もかもが空虚だ。

私の世界には誰もいなくなってしまった。

レッケンベルよ。

お前がいなくなったことが、私はただ虚《むな》しくて、何かとても大きなものを取りこぼした様な気がしてしまうのだ。

私は何を失った？

レッケンベルは私にとっての何だったのだろうか？

「嗚呼」

空虚。

もはや軍務大臣のしわがれた言葉すら届かぬ。

空虚な世界の、空虚な玉座にて彼《か》の男を待つ。

待つ？

ひょっとして、私は何かを期待しているのだろうか。

私のレッケンベルを破った男に。

ファウスト・フォン・ポリドロに。

私は目を閉じ、老婆の嘆く声を無視したまま、玉座で少し眠りに就くことにした。

今は無くしてしまったレッケンベルとの、子供の頃の想《おも》い出《で》を夢見られる事を祈りながら。

第34話　かくしごと

「いつまで」

ヴァリエール第二王女は、目の前の光景に零《こぼ》した。

剣戟《けんげき》音はしつこく鳴り響いている。

「いつまで続くの？　これ」

「知りませぬ」

「いや、ファウストが原因なんでしょうが」

ファウストは私の問いに、すげなく答えた。

今、目の前で争っている騎士二名。

それにファウストは交じっていない。

今、目の前の騎士二人が争っている原因はファウストであり、その争奪戦の対象が争いに交わる必要は無かった。

ファウスト・フォン・ポリドロに挑む一騎討ちの権利。

それを争って、目の前の騎士は争っているのだ。

「いい加減引け！　地方領主風情が！　お前などポリドロ卿《きょう》に挑むには地力が足らん!!」

「法衣貴族の、アンハルトのようなモヤシ騎士が。領地の全てを背負い、軍役を長年積んだ私に敵《かな》うとでも思うたか!!」

アンハルトのモヤシとか言われているわよ。

いや、お前等《ら》に言われたら、アンハルトはモヤシ呼ばわりでも仕方ないわ。

私達《たち》は代わりに、お前等の事を蛮族って言うけれどさ。

そろそろ飽きたのか、ファウストが二人に近づく。

「もう宜《よろ》しいか？ 互いに数十合斬り結んだが、刃引きの剣ではやはり決着がつかぬようだ。お二人とも十分な力量ありとして、一騎討ちのお相手をしよう」

結局、そうなるのか。

ファウストが二人とも叩《たた》きのめした方が早い。

早いのだが。

「ポリドロ卿がそう仰《おっしゃ》るならば。但し、この女が一合で叩きのめされ、ヴィレンドルフの恥を晒《さら》すかと思うと」

「当方にも異論無し。この女が、ポリドロ卿の一騎討ち相手に相応《ふさわ》しいとは到底思えませんが」

「ぬかせ」

ヴィレンドルフ騎士、二人の口喧嘩《くちげんか》がまた始まる。

さっさとブチのめしてしまえ、ファウスト。

もういっそのこと、二人纏《まと》めて相手にしてもいいぞ。

私は溜《た》め息《いき》を吐《つ》く。

国境線にて全身鎧《よろい》の精鋭6名の騎士相手に、ファウストは余裕をもって立ち回っていた。

慣れないフリューテッドアーマー姿ゆえか、数合は身体《からだ》を剣で打たれたが、その身体にはダメージが及ばない。

魔術刻印入りの鎧を着用しているとはいえ、痛いはずなのだが。

その巨軀《きょく》は容易《たやす》くダメージを跳《の》ね除けてしまうのだ。

どの勝負も、数分の内に終えてしまった。

国境線の指揮官が感服し、やはり貴方《あなた》は今更言葉にするまでも無いが英傑だった。

そう述べて、私達一行を王都へと先導してくれてはいるのだが。

その道程にて、一騎討ちをどいつもこいつも挑んでくるのには眉を顰《ひそ》める。

ファウストはそれを一切断らない。

私に告げた口上通り、正々堂々それを受けて立つのだ。

直轄領の代官、地方領地の領主、諸侯領、その領地の大小に拘《かか》わらず、その土地を代表する全ての騎士と、選抜された騎士。

それに加えて、王都では一騎討ちを申し込む暇も無かろうと、態々《わざわざ》近郊の地方領まで出向いてくる王都の武官達。

どれもこれも、もうすぐ終わる。

この騒がしい一騎討ちの申し込みもようやく終わるのだ。

この街を抜ければ、もうすぐ王都だ。

「ヴァリエール様、ファウスト様の心配はなさらないのですか。一応聞きますが」

「一応答えとくわ。必要あるの?」

騎士見習いにしてファウストの従士、マルティナ・フォン・ボーセルの発言に目を瞑《つぶ》りながら返事をする。

今まで何戦したと思っている。

97戦だぞ、97戦97勝。

目の前の二人で、99戦99勝となる。

ああ、いっそ100戦100勝とキリ良くならないのが残念だ。

もっとも、ファウスト本人は一々数も数えていないだろうが。

別に相手を見下しているわけではない。

そういう性格なのだ。

一々、キルスコアや一騎討ちでの勝利数など数えていないのだ。

勝って当然。

その結果は、向こうから訪れて当たり前の物ではないかと受け止めている。

ヴィレンドルフの各領地では、一騎討ちの様子を克明に記していたが。

記録係のそれが伝説となり、ファウストと一騎討ちを果たした相手の誉れとなるのであろうか。

英傑とはこのようなものだろうか。

凡人中の凡人たる私にはわからない。

一応、王宮でのスペアとしての高等教育も、最近ではアナスタシア姉さまからの指導も受けてはいるのだけれど。

やはり私は凡人であり、辿《たど》り着ける領域には限界がある。

私には到底理解の及ばない範疇《はんちゅう》にファウストは辿り着いていた。

まあよい。

「それでは、どちらからお相手を——ああ。結構です。また争いになっても面倒だ。こちらが決定を」

ファウストがグレートヘルムの接合具を嵌《は》めながら、言葉を紡ぐ。

さっさと終わらせてしまえファウスト。

道中の、私の全ての心配は無用であった。

ファウストが負ける事など有りはしない。

きっと、ヴィレンドルフの女王、カタリナも自身の英傑についてそのように考えていたのだろうなあと思う。

ファウストという、この世の武の顕現にレッケンベルは負けたが。

当事者たるファウスト曰《いわ》く。

レッケンベル卿という英傑が居たのです。

私より強い女もこの世のどこかにきっといるでしょう。

ヴィレンドルフには残念ながら、もうおらぬでしょうが。

少し残念そうに、そう漏らしていたが——正直言えば、ファウストに勝てる人間など本当に此《こ》の世に存在するのかと思う。

ヴァルハラのワルキューレに生前から唾を付けられている連中で、その中で一際強いのがファウストである。

「それでは正々堂々、勝負と参りましょうか」

「我が領地、その領民、全ての誇りを賭けて貴方に挑む」

最初の相手は地方領主と決定したか。

まあ良い。

ぶちのめされる順番が後か先かだけだ。

その決闘風景は見るまでもない。

お慰みとなる数合の打ち合いの結果として、相手にファウストの膂力《りょりょく》を理解させ。

背中から落とすように投げ飛ばして、首に刃引きの剣を当てて終わりか。

そのまま押し倒し、やはり首に刃引きの剣を当てて決着。

ファウストなりの気遣いであり、その膂力を以《もっ》てすれば一撃による決着も可能であろうがやらないだけである。

私は再び悩む。

ファウストの行動についてではない。

ファウストは、相手の名誉を立てて一騎討ちに臨んでおり、一定の気遣いを見せていた。

それは手加減であるが、手加減と呼ぶべきではないだろう。

そこは悩まない。

では、何に悩んでいるかというと。

「カタリナ女王の、心の斬り方ねえ」

これだ。

こんな一騎討ち、積み重ねても何の意味もない。

ヴィレンドルフの騎士達の心証は良くなるだろうが。

和平交渉の結論は全て、ヴィレンドルフの女王であるカタリナが為《な》すのだから、彼女を斬らねば問題は解決しないのだ。

考えろヴァリエール。

私が正使として、ただのお飾りで来たのはわかっている。

事実、このヴィレンドルフの誰にも相手にされていない。

私は、ただのお飾りだ。

だが、それで終わってしまえば、余りにもファウストに申し訳ない。

この交渉が成功すれば、親衛隊の階位も上げてくれるとお母様が、リーゼンロッテ女王が約束してくれているのだ。

せめて、その報奨に値する働きはせねばならない。

「マルティナ、カタリナ女王の和平交渉なんだけどね」

「はい」

私は迷わず、9歳児の力を借りることを選んだ。

ええい、批難する事なかれ。

私は凡人なのだ。

人様の力を借りて何が悪い。

そう心で、どこかから聞こえる批難の声を無視する。

「お母様が仰った台詞《せりふ》なんだけどね、和平交渉を成立させるためには、カタリナ女王の心を斬れ、だってさ。マルティナはどう思う？」

「事前に、ファウスト様がカタリナ女王の事を調べ、その資料集めを私も手伝いました」

マルティナは、事情をわきまえているようだ。

「王都に与えられた下屋敷にて、ヴィレンドルフからやってきた吟遊詩人からカタリナ女王の英傑詩を聞いたり。レッケンベル卿とのエピソードを入手したり。交渉役の官僚貴族の話から、少しでもヴィレンドルフ側からの情報を収集したりしましたが、まあ、正直」

マルティナは語る。

ファウストも、水面下で色々動いてくれていたようだが。

マルティナは、はあと溜め息を吐いて結論を出した。

「何の成果も得られませんでした」

それが答えだろう。

私もそうだった。

お母様、リーゼンロッテ女王の知能を以てしても、抽象的な事しか口にできぬ。

カタリナ女王の心を斬れ。

それしか言えず、その心の斬り方は教えてくれなかった。

冷血女王カタリナ。

感情など知らず、ただ淡々と理屈の上に政務をこなし、それゆえに有能である。

人でなしのカタリナ。

その忌み名すら持つ、ヴィレンドルフの女王。

別に嫌われているわけではない。

ただ、余りにも血が通っていない。

有能さは国中の誰もが認めている。

ヴィレンドルフの価値観を尊重してくれてはいるが、それを心から理解してくれるわけではない。

その、僅かな反感から、騎士達からの蔑みがあるのだ。

2年前まではその反感の全てを跳ね返す、後見人としてレッケンベル卿《きょう》が居たのだが。

今は、いない。

「ただ、ファウスト様は、少しばかり、ほんの少しばかりですが、得心したようでした」

「カタリナ女王の心の斬り方が判《わか》ったと？」

「いえ、さすがにそこまでは」

マルティナは首を振る。

まあ、さすがに判らないか。

「ねえ、私に何か役に立てることはないのかしら」

尋ねてみる。

9歳児にそれを尋ねることは恥であると知っているが。

だが、今、目の前でファウストが闘っている以上は、この子がファウストの代理である。

そしてこの子は聡《さと》い。

恥を捨て、聞いてみるのも悪くはあるまい。

「お飾りの正使では不服ですか？」

「不服ね」

正直に答える。

せめて、何か役に立ちたい。

お飾りとはいえ、せめて一助は成したい。

カタリナ女王の心を斬る剣の、一研ぎくらいにはなりたいのだ。

そんな事を考える。

「では、ですよ。もしファウスト様が後で、その、何といいますか」

「後で？」

何か言いあぐねたように、マルティナが口ごもる。

「後で、リーゼンロッテ女王陛下に無茶苦茶怒られる事になった時、一緒に謝ってもらえますか」

「うん？」

マルティナの言わんとする事が判らない。

ファウスト、何か怒られるような事をしたのか。

ああ、いいや。

聞いてみよう。

「ファウスト、何か怒られるような事したの」

「しました。話を聞くに、リーゼンロッテ女王陛下は酷《ひど》くお怒りでしょう」

それがファウスト様には理解できていないようで。

いや、悪くはない手なのか。

その行為だからこそ意味があるのか。

いや、しかし、だからといって。

堂々巡り。

そんな思考らしきものを繰り返しているように、マルティナが独り言を言う。

酷く、気になる。

「内容、教えてくれない？　謝るのはいいわ。第二王女親衛隊が馬鹿やらかすから、お母様に謝るのは慣れてるし。でも、こっちにだって心構えが必要なのよ」

「それは御教《おおし》えできませぬ」

マルティナが首を振る。

「それは何故《なぜ》？」

「ヴィレンドルフ王の間、騎士達《たち》が立ち並んだ満座の席にて、ヴァリエール様のリアクションを含めてが、カタリナ女王への贈答品だからでございます」

「何を言っているのか、正直よく判らないけど」

私は、遠くで馬車に乗っているファウストの御用商人、イングリット商会の長、イングリットの様子を眺める。

「あのイングリットという商人が、後生大事に守っている馬車の中に秘密があるの？」

「はい、アレがあります」

「アレ、ねえ……」

イングリット商会の警備兵。

それは交易品ではなく、その馬車のみをガチガチにガードしている。

たまにイングリットが緊張した様子で馬車の中に入り、なにか大切にしているものが壊れていないことに安心したような顔で出てくる。

一体、何を積んでいるのか。

何を隠しているのか。

「まあ、そういう話なら詳しく聞かないでおくわ。私は一緒に謝ればいいのね？」

「そうして頂けると、とても助かります」

マルティナは、ふう、と少しため息を吐《つ》いた。

そして、前をまっすぐ見る。

剣戟《けんげき》音が終わり、鎧《よろい》同士がぶつかり合う音。

勝負がついたか。

ファウストが、相手の領主騎士を押し倒していた。

その首にはしっかりと刃引きの剣が当たっている。

「98戦、98勝。ファウスト・フォン・ポリドロの勝利!!」

私達を案内してくれている国境指揮官が、勝利の声を上げた。

「貴方《あなた》は決して弱く無かった。ですが、私の方が強かった」

「慰めなどいらんよ。手加減されてたことぐらいは判るさ」

ファウストが、相手に慰めの声を掛けるが、敵は喜びの声で答えた。

「無理はない。やはり貴方は英傑だった。レッケンベル卿が負けるのも無理は無かったのだ。正々堂々の勝負にて、我らの英傑は打ち果たされたのだ」

そして、何かに納得したかのように、何かに惜別の念を送るかのようにして、レッケンベル卿の死を受け入れた。

ファウストに負けた誰もが、同じことを言う。

これは彼女達にとって儀式なのだ。

レッケンベル卿への追悼儀式以外の何者でもないのだ。

98回も繰り返されると、凡人の私でもそれがよく判る。

「手を」

「ああ」

ファウストが領主の手をしっかりと握り、身体《からだ》を起こさせる。

アンハルトとヴィレンドルフ。

敵同士ではあるが、そこには確かに騎士としての誉れがあった。

それにしてもだ。

やはり、何もできないのは情けない。

だから、せめて私はマルティナに頼まれた通りの事をこなそう。

「頼んだわよ、ファウスト」

私は凡人だ。

やはり、カタリナ女王を相手に回すと、相談役のファウストに頼る事しかできない。

私はファウスト・フォン・ポリドロの99戦目の一騎討ちが始まるのを眺めながら、この男がカタリナ女王の心を斬れることを静かに祈った。

第35話 歓迎パレード

ヴィレンドルフ王都の幅広く設けられた、王宮まで一直線の長い長い目抜き通りにて。

王都の民衆は今か今かと待ち構えていた。

アンハルト王国からの使者ファウスト・フォン・ポリドロを、である。

誰もが英傑詩を耳にタコが出来る程聞いていた。

人とは思えぬほどの美しさ、もはや魔性の域。

太陽のごとき、筋骨隆々の姿。

身長2mを超える大男。

全てが、ヴィレンドルフの価値観では肯定されるもの。

使者としてヴィレンドルフに訪れる事が決定してからも、新たに紡がれる物語。

国境線から始まる、ヴィレンドルフの英傑レッケンベル卿が逃げなかったのだから私も逃げぬ、その口上が幕を切って落としてからの99戦に及ぶ一騎討ち。

王都までの道程で行われたそれの相手は、それぞれ軍役でも名のある騎士で、ヴィレンドルフにとって脆弱《ぜいじゃく》な騎士など一人もおらぬ精鋭揃《ぞろ》いであった。

しかし、ファウスト・フォン・ポリドロは全てに勝利した。

慣れぬ敵国での旅路、列を組んで成す一騎討ち志願者に、休憩抜きでの連戦の条件で、である。

それにも拘《かか》わらず、99戦99勝。

もはや伝説上の生き物である。

ああ、そうか。

レッケンベル卿は、やはりヴァルハラに旅立たれてしまわれたのだ。

正々堂々とした立ち合いにて、確かに死んでしまわれたのだ。

国中がそう納得せざるを得ない結果を示した。

ならば――

ならば、認めよう。

そして、称《たた》えよう。

そうでなければ、敗れたレッケンベル卿の誉れに傷がつく。

あの英傑に、ヴァルハラにて恥をかかせるような真似《まね》をヴィレンドルフの民として、してはならぬのだ。

この街道にて、大声を張り上げて、歓声で迎えるのだ。

レッケンベル卿を倒した、敵国の英傑を。

そう、誰もが考えていた。

そして待ち望んでいた。

英傑の到着を。

「来たぞ――!!」

誰かが叫んだ。

先頭では、ヴィレンドルフ国境線の指揮官が英傑を先導している。

槍《やり》の穂先にヴィレンドルフの国旗を付け、それを馬上で掲げていた。

その後には正使であるヴァリエール第二王女、それが乗った馬が続き、それを警護するように第二王女親衛隊が歩いている。

国民にとって、それらはどうでもよかった。

肝心なのはその次――であったのだが。

「うん？」

皆が首を傾《かし》げた。

確かに、噂《うわさ》通りの姿である。

2mを超える巨軀《きょく》。

その魔術刻印が念入りに刻まれた見事なフリューテッドアーマーの下には、ヴィレンドルフの女たちを熱狂させる筋肉がミッチリ詰まっているのであろう。

それはわかる。

背にはとても大きな、常人では振り回す事など出来ぬであろうグレートソードもぶら下げている。

次に馬。

大きく、見事な『むくつけき』駿馬《しゅんめ》であった。

馬鎧のような魔術刻印総入りの赤い布に覆われたその馬は、まさに英傑が乗る馬に相応《ふさわ》しく、その瞳は下手な人間を超えるほどの理知を感じさせた。

だが。

だが、しかしだ。

「バケツ？」

誰かが呟《つぶや》いた。

何故、頭だけグレートヘルムなのだろう。

グレートヘルムの名も良く知らぬ人間にとっては、日常使いのバケツにもよく似たそれ。

その連想しかできなかった。

その見事なフリューテッドアーマーには、余りにも似合っていなかったのだ。

「顔を見せなよ！」

「そうだ、顔だ！」

ブーイングにも似た、それがファウスト目掛けて飛び交い始める。

その身体は良い。

ヴィレンドルフ好みの良い身体をしている。

きっと尻も良いだろう。

だが、顔を見ない事には始まらないぞ。

これはレッケンベル騎士団長を称える追悼ではあるが。

同時に、一目その顔が見たい。

あのレッケンベル騎士団長に、第二夫にと望まれた、その顔が見たい。

それが見たくて集まった側面もある。

群衆は声を張り上げ、それぞれは言い方が異なりながらも、その意味は同じである。

「その似合っていないバケツヘルムを脱いで、顔を見せろ!!」

その群衆の声に応えるのは。

大音声の笑い声。

本当に大きな、戦場でもこのような声をするのか、と群衆に感じさせるような笑い声であった。

それをファウストが発する。

「いいだろう！　顔を見せよう!!」

行進が、その声に応じるかのように一時止まる。

先頭を馬にて歩く、国境線の指揮官が気を利かせてその槍を下げ、行進を止めたのだ。

カチャカチャと、バケツヘルムの接合具を外す音。

群衆は固唾《の》を呑んで見守る。

そして、ファウストが兜《かぶと》を脱ぎ、脇にそれを抱える。

それを見た群衆は。

「――」

誰も声にならなかった。

これが人の顔か？

魔人か何かではないのか？

もちろん、それは悪い意味ではなく――

「美しい」

誰かがその言葉を発するとともに、行進を、このパレードを見守る何千人もの女達《たち》の内、何百人かの股が愛液で濡《ぬ》れた。

アレは人なのか？

アレが、アンハルト王国では、その筋骨隆々の体付きと背の高さ故に、醜いなどと揶揄《やゆ》されるのか。

誰もが不思議に思う。

ヴィレンドルフではその真逆である。

「あまりにも美しい」

少し困ったように、照れたように、笑っている。

普段は木訥《ぼくとつ》なのであろう。

その人柄が容易に見て取れる、その表情。

身長2ｍを超える見事としか言いようがない、その周囲全てを見下ろすような巨軀も。

フリューテッドアーマーの下に眠っているであろう、そのみっちりと詰まった筋肉も。

その何もかもが。

ヴィレンドルフの女を魅了してやまないシロモノだった。

一時、空気が止まる。

その空気を破るようにして、もう良いであろう、と。

国境線の指揮官が、空気を読むようにして、その槍の穂先を上げた。

行進が、このパレードが再開される。

再び歩き出す、ファウスト・フォン・ポリドロと、その馬フリューゲル。

それはヴィレンドルフにとって完全な美を示していた。

群衆は。

「美しい。さすがレッケンベル卿《きょう》を破った英傑よ、その姿までもが、その容姿までもが!!」

腕を広げ、感じ入ったと全力で褒め称える上物の服を着た上級市民。

「私と一騎討ちをしてくれ、頼む！　頼む！　一度で良いのだ！」

従士が四人がかりでパレードに割り込むのを必死で止める、鎧《よろい》姿の騎士。

「これこそ……これこそが、まさに美術だ。生きた芸術作品だ」

必死の表情で、2階の窓からファウストを眺め、スケッチを開始する芸術家。

賛美の限りを尽くしていた。

万語の限りを尽くして、ファウスト・フォン・ポリドロを褒め称えていた。

この記録は、1000年経《た》っても残されるであろう。

ファウスト・フォン・ポリドロの道中。

国境線からその全てに付き添い、その全てを記録した記録係の騎士が、そう呟いた。

王宮まで一直線の長い長い街道。

その中を歓声に包まれながら、パレードは続く。

それは最後尾のポリドロ領民30名が、やっと我が愛する領主様が認められたぞとその誇らしさで満面の笑みを浮かべた彼女らが後に続きながら、王宮に近づき、堀を橋で越え、跳ね橋が上がり、その城の門が閉じられるまで歓声は続いた。

いや、それが終わっても歓声は止《や》む事は無い。

まるで神が造り上げたような、優れた芸術作品を見た。

その様子で、隣同士となった女どもと、目にした美しさを称える声は止まなかった。

※

「ヴィレンドルフに産まれりゃよかった」

「ファウスト様、冗談でも言って良い言葉ではありません」

「いや、言いたくもなりますよ、こうもアンハルトと反応が違うようでは」

私に続いて、マルティナ、従士長ヘルガの言葉であった。

苦悶《くもん》の表情で呻《うめ》く。

「なんでヴィレンドルフだとこんなモテるのに、アンハルトだと全くモテないんだ。世の中おかしいぞ。いや、多分世の中が間違っているんだ」

「いっそ、領地ごとヴィレンドルフに亡命しますか？」

「領地が歩けるものなら、そうしたい」

ヘルガと軽口を叩《たた》く。

少しくらい文句を言ってもバチは当たらないだろう。

そんな顔を二人でするが。

「ファウスト様、ここにはヴァリエール第二王女も、その親衛隊もいらっしゃるのですよ。聞こえでもしたら」

「判《わか》った。もう言わない」

マルティナの咎《とが》める声に、私は黙り込む。

ザビーネ。

第二王女親衛隊長、ザビーネ。

服の上からでもよく判るロケットオッパイを持つ、今のところ唯一私にマトモに興味を持ってくれる女性よ。

彼女に嫌われるのは避けたい。

ロケットオッパイは惜しい。

惜しいのだ。アイツ頭がおかしいけれど。二度言っておくと凄《すご》く頭がおかしいけれど。

しかし、ついにザビーネとの逢瀬《おうせ》の機会は与えられなかった。

フリューテッドアーマーに一か月に及ぶ鍛冶場への日参。

その後はカタリナ女王の情報収集に追われ、壮行会ではリーゼンロッテ女王の邪魔が入る。

国境線に入ってからは言うまでもなく、決闘の日々。

これでどうやってザビーネと、ロケットオッパイと接触せよというのだ。

込み入った話などする暇もなかったぞ。

精々挨拶を数度交わした程度だ。

世の中間違っている。

まあいい。

所詮こんなものよ。

世の中は私に都合悪く回っているものよ。

このファウスト・フォン・ポリドロは静かに何かを諦めた。

気分を切り替える。

いよいよ、カタリナ女王との謁見である。

「ヘルガ、イングリット商会から、例のアレは受け取ったか」

「はい、ここに」

布に覆われたアレ。

無事に引き渡しを終えたイングリットは、今まで生きてきた中で一番緊張した運搬物でしたと言っていた。

さもあらん。

「ファウスト様、絶対これリーゼンロッテ女王に怒られますからね。一応、ヴァリエール様に一緒に謝ってもらえるよう頼んでおきましたけど」

「そんなに悪い事か」

「悪いに決まってるでしょう！」

マルティナの咎めの言葉。

確かにリーゼンロッテ女王は怒るだろう。

だが、怒られるだけで済むだろう。

その程度の事だと思うんだがなあ。

「さて、謁見だ。変なところはないか」

「そのグレートヘルム以外は特に。帰ったらちゃんと交換してもらいましょうね」

気に入っているのに、このバケツヘルム。

皆、何が気に食わないんだ。

もうこれでいいだろ、視界の狭さも直感でだいたいカバーできる。

一騎討ちでも役に立ったぞ。

無くても勝てたけれどさあ。

それにしても、ヴィレンドルフの騎士はやはりアンハルトの騎士より練度が高いな。

国からの精鋭が集まっていたとはいえ、一騎討ちを99戦もするとそう思わざるを得ない。

だが、超人に一歩足を踏み入れた程度が精々の集団。

レッケンベル騎士団長のような、まさか私が負けるのか？　というギリギリ感を、あの緊迫感を味わわせる騎士は居なかった。

「グレートヘルムは、ヘルガが預かっておいてくれ。お前は謁見の間に入れん。別の待合室にて、もてなしを受けることになる」

「承知しました」

グレートヘルムをヘルガに渡す。

「マルティナは騎士見習いとして、従士として傍《そば》についてきてくれ。カタリナ女王への贈答物を持ってな」

「本当に渡すんですね。まあ今更止めませんけど」

マルティナは、何かを静かに諦めた顔で言った。

「さて、カタリナ女王の心をこれで斬れるものかね」

そうとは思えない。

しかし、これ以外に思いつかなかった。

情報収集を念入りに行ったが、レッケンベル騎士団長とカタリナ女王とのエピソード、吟遊詩人の語るそれから着想を得たのは、これだけだった。

「どうなるかは、このファウストにもわからぬ。当たって砕けろだ！」

すまない、ヴァリエール第二王女。

先に案内され、ヴィレンドルフ国境線を踏み入って以来、初めて正使としての待遇で歩き始める。

そんなヴァリエール様の小さな背中を見た。

少々、道化を演じてもらう事になるが、私に貴女《あなた》への悪意はないのだ。

私にはこれしか思いつかなかった。

カタリナ女王から、一笑をとる。

それにはこれが必要で、ヴァリエール様のリアクションも必要なのだ。

「しかし、レッケンベル卿か。彼女のエピソードを聞けば聞くほど、一つの事を感じざるを得ない」

「何か？」

「何。レッケンベル卿は、本当にカタリナ女王の事を愛していたのだろうな、と」

マルティナが抱える、布に包まれたそれを見る。

吟遊詩人に知り得る限りのカタリナ女王とレッケンベル卿の英傑詩、その全てを謳《うた》わせ、休憩を挟んだ。

そんな時であった、二人の珍妙なエピソードを聞いたのは。

あのレッケンベル卿が、ただ一度だけ、カタリナ女王とともに宮廷から咎めを受けた事がある。

政治も、軍事も、戦闘も完璧。

その全ての才を合わせると、私など遥《はる》かに上回っていたであろう超人。

そんなレッケンベル卿がだ。

その心境は、エピソードからも察するにあまりあるところがある。

「愛してたんだろうなあ、本当に」

「私には、理解できませぬ。カタリナ女王は与えられただけの愛情をレッケンベル卿に、何か返せたのでしょうか。レッケンベル卿が一方的に忠誠を誓い、功績を捧《ささ》げ続けただけでは」

「マルティナ」

私は少し咎めるように、マルティナの名を呼ぶ。

「見返りが不要とは言わない。だが、見返りを求めるだけなのは愛とは呼ばない。そして、死ぬ寸前まで近づいてから、いや、死んでからやっと気が付く愛すらある」

「それは実体験ですか」

「そうだ。そして、死んだ者はそれで充分なのかもしれない。死んだ後にやっと愛情に気づいて、相手が死してなお想《おも》う事で、亡き相手に届く愛があるのかもしれない」

そうとでも思わないと、やっていられない。
母上。
私は生きている間、貴女に何も、親孝行ができなかった。
だが、貴女の残した領民と、領地ぐらいなら守る事が出来るだろう。
そうだ。
そのためにも、ヴィレンドルフとの和平交渉を成立させる必要があるのだ。
先を歩く、ヴァリエール様が振り向こうともせず、声を私にかける。
「いよいよ行くわよ、ファウスト」
私は息を大きく吸い、ヴァリエール様に答える。
「承知」
銅鑼《どら》を叩いたような私の声が、ヴィレンドルフ王宮の廊下に静かに響いた。

第36話　花泥棒

何も感じなかった。

人として思えぬほどの美しさ、もはや魔性の域のもの。

太陽のごとき、筋骨隆々の姿。

身長2mを超える大男。

ヴィレンドルフが称《たた》える、その全て。

その価値観が想像しうる限りでの最高の美でさえ届かぬ、その美しさの具現体。

ファウスト・フォン・ポリドロ。

私はヴィレンドルフの誰もがそう讃《たた》える姿を見ても、何も感じなかったのだ。

「今回の交渉の正使。アンハルト王国第二王女、ヴァリエール・フォン・アンハルトです」

確か、ヴァリエール第二王女は14歳と聞いた。

未《いま》だ幼いとすら感じる、正使であるヴァリエール第二王女がドレスの裾が地につかぬよう両手でそれを持ち上げ、膝を曲げての辞儀を行う。

若いな。

私の14歳。

丁度、私が相続決闘を果たし、女王になった頃であったか。

その頃、レッケンベルは24歳であったな。

過去に想いを馳《は》せる。

次いで、挨拶。

「交渉の副使。ファウスト・フォン・ポリドロ」

兜《かぶと》だけが無い甲冑《かっちゅう》姿のまま膝を折り、礼を行う。

王の間に静かに、だが響き渡る声であった。

満座の席。

アンハルト二人の使者を囲むように立ち並ぶ騎士の数人が、僅かに身をよじらせた。

股に、違和感を覚えたのだろう。

理屈ではわかる。

この男は、ヴィレンドルフではこの世で一番美しい男なのであろう。

だが、それだけだ。

ファウスト・フォン・ポリドロに対し、イナ＝カタリナ・マリア・ヴィレンドルフは何も感じない。

何も感じられなかった。

僅かに、何か心の底で、かすかに燻《くすぶ》る何かで、きっと期待していた。

ファウスト・フォン・ポリドロという、我が相談役レッケンベルを倒した男に何かを感じ取れるのではないか。

憎しみ。

その感情でも良い。

レッケンベルを失った「悲しみ」と呼ばれるにも等しい何かでも。

だが、何も感じられなかった。

ああ、そうだろう。

所詮こんなものよ。

私は冷血女王のままであろう。

その冷静な、理屈だけの女王に私は戻る。

もはやレッケンベルへの悲しみすら、今は忘れよう。

ただヴィレンドルフの利益だけを考えよう。

このファウスト・フォン・ポリドロを玉として見立て、アンハルト王国の今を見据えよう。

ポリドロ卿《きょう》を見つめる。

その姿形は噂《うわさ》のように、冷遇されているようになど見えない。

少なくとも、王家からはそうなのであろう。

見事な、魔術刻印総入りのフリューテッドアーマー。

ポリドロ卿の経済事情、領民300名足らずの弱小領主が用意できる代物ではない。

幾つか傷が付いてはいるが、それは真新しい。

恐らく、今回の和平交渉にあたって王家が用意したものであろうと予測する。

少なくとも、ポリドロ卿はアンハルト王家からは認められている。

だがしかし、だ。

「ヴァリエール第二王女、そしてファウスト・フォン・ポリドロ卿。長旅にて疲れる中、休憩を挟まず王宮まで訪れたその誠意は受け取ろう」

「有難く思います」

「して、ヴァリエール第二王女。貴女を侮るわけではないが、ポリドロ卿と少し話がしたい、良いか？」

私はヴァリエール第二王女に要求する。

相手は断れない。

「どうぞ。ご存分に」

「有難う」

ではポリドロ卿と話す事にしよう。

じっくりと話し込むことにしよう。

勝負だ、ファウスト・フォン・ポリドロ。

私の問い全てに答えて見せよ。

一つでも答えを誤れば、第二次ヴィレンドルフ戦役の始まりだ。

「私に仕える気はないか？　ポリドロ卿」

「ちょ、ちょっと」

誘い。

私はまず誘惑をかける。

ヴァリエール第二王女の声は綺麗《きれい》さっぱりと無視する。

ポリドロ卿は最初の質問に答えた。

「お断りいたします。たとえどのような待遇でも、私が貴方《あなた》に仕えることは無い」

「何故《なぜ》か？」

「私は第二王女ヴァリエール様の相談役であります」

本来は朴訥《ぼくとつ》な性格と聞いている。

それを感じさせつつも、ハッキリと。

ファウスト・フォン・ポリドロは私に返事を成した。

「レッケンベル卿はヴィレンドルフにとって最高の騎士団長でありましたが、貴女の幼少期、その頃はただの一介にすぎぬ世襲騎士の家督を継いだだけの、ただ一人の騎士に過ぎませんでした。なれど、貴女の相談役でした」

「確かにそうだ。良く知っているな。それが？」

「仮に、アンハルト王家が、昔の一騎士に過ぎなかったレッケンベル卿に多大な報酬を見せて誘いをかけたとて、答えは同じだったでしょう。私はカタリナ第三王女の相談役である故、その誘いはお断りすると」

なるほど。

理屈だ。

王女の相談役と見込まれた者が、敵国の誘いは受けないか。

だが、我が国と違ってアンハルト王国の限嗣相続は決闘ではない。

「一つ、さらに聞く」

「何なりと」

「ヴァリエール第二王女が、アンハルト王国を継ぐ目は恐らく無い。何故それでも仕えるのだ。おそらく、お前はアンハルトの後継者たるアナスタシアにも声をかけられているだろうに。何故それを受けない」

お前に何のメリットも無いではないか。

それを尋ねる。

「判《わか》りませぬか」

ポリドロ卿が、眉を顰《ひそ》めて答えた。

「判らぬ」

正直に答える。

「私にも、情というものがありますので」

その答えは、私には判らぬものであった。

情。

理屈では無いというのか。

何だコイツは。

まるで──まるで。

まるで、レッケンベルと会話しているようではないか。

「その情がどこまでヴァリエール第二王女に伝わっているか、私にはよく判りませぬ。果たして、それに応えてくれるのかも」

やや苦笑。

それを加えながらも、ポリドロ卿の言葉は続く。

嗚呼《ああ》、レッケンベルよ。

ポリドロ卿と話していると、何故かその名前が頭に思い浮かぶ。

「なれど、それと私の情とはまた全く別な話であります」

レッケンベル。

その名だけが私の燻ったもの、私が持たぬ感情の全てだ。

彼女が十数年をかけて私に与えようとしたものは、結局何も実らなかった。

「カタリナ女王陛下。私は貴女《あなた》の事を良く知りませぬ。貴方の事は今回の交渉の前に知りました。吟遊詩人から話を聞き、そのレッケンベル卿とのエピソードを知りました。ですが」

ポリドロ卿が一呼吸置く。

「ですが、たったそれだけです」

たったそれだけ。

確かに、それでは人伝《ひとづて》に聞いただけの話。

そのようなことで、その人間の本性までは判るまい。

理屈だ。

「故に、私と貴女は話し合う必要があると思うのです。カタリナ女王陛下」

「よろしい」

私は答えた。

応じよう。

元より申し込んだのは私だ。

お前との一対一の対話に応じよう、ファウスト・フォン・ポリドロよ。

「では、話を続けよう。ポリドロ卿、お前の領地はヴィレンドルフ国境線からほど近い」

「よくご存じでいらっしゃる」

「ヴィレンドルフ戦役にて、国境線近くの街を亡《ほろ》ぼした際に地図を手に入れた」

小さな舌打ち。

それは、おそらくポリドロ卿の口からは発されていないであろう。

だが、確かに聞こえたぞ、お前の心の舌打ちが。

「私がお前の領地近くまで、第二次ヴィレンドルフ戦役を起こし、踏み込んだとする。お前はどうする？」

「死兵と化しましょう」

ほう。

「死兵と化し、貴女の騎士数十名を破り、大往生を遂げましょう。先祖代々引き継いだポリドロ領の領地にて」

「命が惜しくは無いのか」

「惜しいです」

やや、予想と違う返事。

命は惜しいのか。

我が英傑レッケンベルに一騎討ちを挑むくらいの猛者だ。

命が惜しいとは。

「私の血が伝わらぬ。先祖代々継がねばならぬ、私の子々孫々に繋《つな》いでいくはずの領民、領土、それを守るための血が繋がらぬ。そのために命が惜しいです」

「その命を繋ぐ存在が、子さえいれば、命は惜しく無いと」

「その通りです」

まるで封建領主の模範解答だ。

理屈は理解できる。

「ヴィレンドルフに頭を垂れる、その気は、領地に足を踏み入れられてまでも無いと？」

「むしろ、我が領地を寸土たりとも削り、足を踏み入れ侵略する者には容赦しませぬ」

「ふむ」

裏を考える。

ファウスト・フォン・ポリドロは領主騎士である。

アンハルトの英傑ではあるが、利益を考える。

いや、利益と言っては失礼か。

己の財産である領土と領民を死ぬまで抱え込むものである。

今までの話から察するに、ポリドロ卿は全て本音で語っている。

再び、裏を考える。

ファウスト・フォン・ポリドロは、自分の領地にさえ踏み入られなければ敵対しない？

ポリドロ卿の軍役について推測を企《たくら》む。

おそらく、我らヴィレンドルフが国境線に足を踏み入れなければ、来年の軍役は北方の遊牧民族相手になるであろう。

軍役さえ終われば、アンハルト王国側のポリドロ領に対する保護契約が残るのみだ。

それをアンハルトは実行せねばならない。

そして、ポリドロ卿は軍役を終えているゆえ、ヴィレンドルフとの国境線上での戦いには現れない。

その僅かな隙間を狙い、ポリドロ領を放置し、それ以外の領土を奪い取るのはどうか。

いや。

再び考えを修正する。

「問おう。ポリドロ卿《きょう》よ。来年の軍役は、北方の遊牧民族相手になるかな？」

「この和平交渉が纏《まと》まればそうなりましょう」

「ポリドロ卿は、遊牧民族相手に勝てる自信がおありかな？」

ふん、とポリドロ卿は鼻で笑った。

そりゃ有るだろうな。

無駄な事を聞いた。

「一度の衝突で族滅させて見せましょう。ヴィレンドルフの英傑、レッケンベル卿のように」

そうなるか。

なれば、アンハルトは北方から王国の正規軍を、ヴィレンドルフ国境線に戻す。

そうすれば兵力は互角である。

ヴィレンドルフ全力の兵力を投じても、どちらが勝つかなど判らなくなる。

これは手詰まりか。

英傑ファウスト・フォン・ポリドロは、その領地を取り囲まなければ、私に頭を垂れぬ。

だが時間を置けば、北方の遊牧民族を族滅にかかる。

和平。

その二文字が少し、ほんの少しだけ頭に思い浮かぶが。

まだ話は続くぞ。

ポリドロ卿よ、私は感情が無く、物事がよく判らぬ故、物を尋ねる度にしつこいと父に何度も殴られた女だ。

殴らなかったのはレッケンベルだけだ。

根気よく、感情が無ければ理屈で、私に何度も言い聞かせるように。

これはやっていいことで。

これはやってはいけないことなのですよと。

それを教えてくれたのは、この世でレッケンベルただ一人だ。

理屈で私を女王としてやっていけるようにしてくれたのは、レッケンベルだ。

姉を殺したのも、父を殺したのも。

やっていいこと、と教えたのはレッケンベルなのだぞ。

私とレッケンベルは、甘くは無いのだ。

どこまでも理屈を追求して見せる。

そしてアンハルトの穴を突き、お前を従え、アンハルト王国の領土を削ってみせるぞ。

そんな考えを巡らせるが。

「カタリナ女王陛下。ここに貴女への贈答品があります。会話に夢中で忘れておりましたが」

「贈答品?」

まあ、国家間の交渉なのだ。

それぐらいはあるであろうな。

ファウストの横で、少女が同じように膝を折りながら、布に包まれた何かを大事そうに抱えている。

前情報ではマルティナ・フォン・ボーセルといったか。

一騎討ちで破った売国奴の女領主騎士の遺児を、頭を地に擦り付けてまで助命嘆願した子供である。

あくまで意地を張り、面子《メンツ》を捨ててまで王命を覆したその姿はヴィレンドルフでは美しき姿として称《たた》えられているが。

当然ながら、この冷血たる私には理解できぬ。

「では、お渡しします」

マルティナが、布に包まれた何かを大事そうに抱えながら、私に歩み寄る。

周囲の近衛《このえ》騎士が警戒するが、相手は9歳児であり無用の事だ。

私も帯剣している。

その布の下に懐剣があっても、斬り殺せば済む話。

「控えろ」

私は布の中身を確かめようとした近衛騎士に命を下す。

その間も、マルティナは黙って歩み寄る。

そして目の前に辿《たど》り着き、その布を剝がした。

「これは」

「バラの花束でございます」

深紅のバラ。

本日、鉢植えから切ったばかりと思われる、新鮮な切り花により作られた花束である。

贈答品としては、余りに質素である。

アンハルト王国にも、ヴィレンドルフにも、その花の贈答に特別な意味は無い。

精々、女が男に求愛するときに使われるぐらいか。

男からこれを貰《もら》っても、とは思うが。

「ヴィレンドルフの吟遊詩人、それから珍妙なエピソードを聞きました」

「ほう」

マルティナから、花を受け取る。

使者からの贈答品である以上は如何《いか》に質素でも、受け取らなければならない。

ヴィレンドルフの吟遊詩人から聞いた？

何の話を？

「ファウスト！」

その思考を中断するように、ポリドロ卿を咎《とが》める声があがる。

ヴァリエール第二王女の悲鳴であった。

「ちょ、それ！　ひょっとしてアンハルト王宮のバラ園から」

「はい、盗みました」

「盗みましたじゃないわよ!!　しれっとした顔して答えるな!!」

ヴァリエール第二王女が顔を真っ青にして、ここがヴィレンドルフの王の間であるというのに、場もわきまえずに絶叫する。

「それ、お父様が造ったバラ園のバラで、お母様が死ぬほど大事にしてるって判《わか》ってるでしょ!!　貴方《あなた》も美しいって褒めてたじゃない！　それを何で!!」

「はあ、だからこそ価値があるかと思いまして」

「いや、価値はあるけど！　黙って盗んじゃ駄目でしょう！　盗んじゃ!!　お母様に何て言い訳するのよ!!」

どうやら、毒殺されたと噂《うわさ》のリーゼンロッテ女王の、王配が大切に育てたバラらしい。

それを盗むとは。

それが何で、私への贈答品に相応《ふさわ》しいと。

いや——以前、一度だけ。

一度だけ、このような事が有った気がする。

思い出せ、イナ＝カタリナ・マリア・ヴィレンドルフ。

これは。

これは、レッケンベルとの、幼き頃の大切な思い出であったはずなのだ。

「どうすんのよ！　お母様、今頃バラ盗んだ奴《やつ》を死に物狂いで捜し回ってるわよ！　どうやって謝罪するのよ!!」

「一緒に謝ってくれると、マルティナから聞きました」

「言ったけど！　確かに言ったけどもさ!!　こんな話だとは思ってないわよ!!」

五月蠅《うるさ》い。

煩わしい。

私がレッケンベルとの想い出《おもいで》を回想しようとしている。

その邪魔をするな。

私は、聴覚を無理やりにでも遮断する様に目を閉じ、静かに大切な子供の頃の想い出を回想しようとした。

第37話　バラのつぼみ

レッケンベルは時に優しく、時に厳しい人だった。
いや、それは嘘《うそ》だ。
厳しい事などあったのだろうか。
レッケンベルが与えてくれたそれに、厳しい事など一つでもあったのだろうか。
剣や槍《やり》、弓の訓練で手がタコで一杯になった時も。
刃引きの剣で私が怪我《けが》をした時も。
それが果たして、本当に厳しいと言える事などあったのだろうか。
全て、私を鍛えるために、仕事の暇を見繕っては必死でやってくれた事だ。
レッケンベルよ。
貴女《あなた》の愛情が未《いま》だに判らない。
どうか回想を。
初めて会った時の事を、回想するために必死に記憶を辿るのだ。
「クラウディア・フォン・レッケンベルと申します。カタリナ第三王女」
「私の相談役になったって、何も良い事など無いわよ」
15歳のレッケンベル、そして5歳の私。

立ち合いには眼光鋭い老婆たる、軍務大臣がいた。

「失礼ながら、カタリナ第三王女は感情がよく判らないとお聞きしました」

「『りくつ』は知ってる」

「そうですか」

ぽんぽん、と何故《なぜ》かレッケンベルが私の頭を優しく撫《な》でる。

そして、膝を折ってしゃがみこみ、私の顔と視線を合わせる。

「では、理屈は私が引き続き教えます。それと一緒に、感情も覚えていきましょうね」

「『かんじょう』って覚えられるものなの」

「さあ、私にもよく判りません」

特徴的な糸目。

糸のように細い目で、レッケンベルが微笑《ほほえ》む。

「まあ、やってみましょう！」

「はあ、まあ好きにすればいいけど」

私は何故かやる気になっているレッケンベルに、やる気無さそうに頷《うなず》いた。

可愛《かわい》くない子供。

理屈で、あの頃の私はそう感じる。

同時に、嗚呼《ああ》、レッケンベルはあの頃からレッケンベルだったんだな。

そう思える。

そして、軍務大臣があの頃から、私を女王にしようと企《たくら》んでいた事を。

レッケンベルの才能を見抜き、私に教育を施そうとしていたことを。

それを想い出した。

日々は過ぎる。

過ぎてしまうのだ。

幼年期は過ぎていく。

やがてレッケンベルはその実力を以《もっ》て、ヴィレンドルフの周辺国家との戦では必ず手柄を上げ、そして騎士の大会――トーナメントでは必ず優勝し。

誰もがその実力を認めざるを得ず、何時《いつ》の間《ま》にやら騎士団長になっていた。

私が10歳で、レッケンベルが20歳。

レッケンベルは夫を取り、一人の子を生《な》した。

私は相談役の出産なのだからと、出産から時間をおいてレッケンベルの屋敷に訪れた。

というか、レッケンベルがさっさと来いと私を呼んだ。

「私の子です。名前はニーナ。ニーナ・フォン・レッケンベル」

それは赤ん坊だった。

レッケンベルの面影など少しもない、猿のような赤子であった。

「抱いてあげてください」

はい、とベッドに身を横たえるレッケンベルの手から赤子が渡され、私はそれを受け取る。

何という事もない。

ただの赤子だ。

「何も感じませんか？」

「感じない」

いつもの、レッケンベルの問い。

何か行動するにつけて。

何か機会があるにつれて。

レッケンベルは繰り返し尋ねる。

「何か感じませんか？」

そう尋ねる。

答えはいつも一緒だ。

「何も感じない。ただ」

「ただ？」

レッケンベルが、ベッドの上から何故か前のめりになって、私に顔を近づける。

私の答え。

「この子が、母親殺しにならなくてよかったと思う」

私のようにならなくてよかった。

出産の時に母親を殺し、父からは憎まれ、姉からは苛《いじ》められる。

そんな存在にならなくてよかった。

レッケンベルが死ななくて、良かったとは思う。

「そうですか。それだけですか」

レッケンベルは、酷《ひど》く残念な顔で頷いた。

理屈なら判る。

それはレッケンベルに厳しく教育されたから。

この場合、お祝いの言葉を述べるべきなのだろう。

「レッケンベル、出産おめでとう」

「はい、お姉ちゃんが喜んでくれましたね。ニーナ」

「お姉ちゃん?」

妙な言葉。

私とニーナの間に、血の繋《つな》がりは無い。

「姉妹のようなものです。貴女も私の子供です」

「私はレッケンベルの子供ではない」

「似たようなものです。私は5歳の頃から貴女を育てたつもりですよ。あの父親も姉も、てんで役立たずですから」

レッケンベルが、何か酷く気に食わないといった風情で言う。

「だから代わりに、私が家族のつもりです。お嫌ですか？」

「嫌かどうかもわからない」

「じゃあ、今日から家族という事で。決定しました」

私の話、ちゃんと聞いていたか？

判らないと言っているのに。

レッケンベルは全てを無視して、私を強引に家族だと言い切った。

私が何かを言っても、レッケンベルは時に強引に物事を進めてしまう。

どうせ私は反抗しないだろう。

そう勝手に決めつけて、行動を起こしてしまう。

事実、そうではあるのだが。

「ニーナ・フォン・レッケンベル。強くなりなさい。お姉ちゃんのように」

レッケンベルは赤子をあやす。

私は強いのだろうか。

レッケンベルを相手にしていると、自分が強いという自覚にはどうしても恵まれないのだが。

まあ、レッケンベル相手に練習試合10本中の1本でもその歳《とし》で取れるなら、むしろ誇るべきです。

実戦ならば一方的に嬲《なぶ》り殺《ごろ》しにされるでしょうがね。

老婆――軍務大臣からはそのように言われた。
あの軍務大臣は、私とレッケンベルの前に時々現れ、様子を見に来る。
まるで、私達《たち》二人にヴィレンドルフの将来が懸かっているとでも言うように。
いや。
事実、私は女王となり、レッケンベルは英傑となった。
軍務大臣には、当時から全てが見えていたのであろうな。
あの無能の父や姉を殺して、どうにか私に後継を継がすべく努力していたのだろう。
そんな回想を続ける。
想い出は尽きない。
いつまでも浸っていたい。
しかし、時間は過ぎていく。
ああ。
そうだ。
バラのつぼみ。
バラのつぼみだ。
ついに想い出せた、ファウスト・フォン・ポリドロが何が言いたいのかを。
再び、当時の回想を続ける。
「カタリナ様、何をご覧になっているのですか」

「バラのつぼみ」

「はて」

糸目。

糸のように細い目をしたその顔が、身長２ｍ20㎝の長身にて私の背後から覗《のぞ》き込む。

私が12歳でレッケンベルが22歳。

この時、すでに遊牧民族の討伐で、レッケンベルは名を挙げ始めていた。

というか、一方的な殺戮《さつりく》を始めていた。

もはや、レッケンベルは英傑としての地位を固め始めており、誰にも文句を言わせる雰囲気ではなかった。

私はいずれ、相続決闘にてレッケンベルの言うがままに、姉と、ついでに父も殺し、このヴィレンドルフの女王となる。

そんな決意を固めていた頃であった。

姉と父は無能だ。

存在自体がもはや、歳費を食いつぶすだけの害悪である。

この国は、私が継がねばどうにもなるまい。

今は高級官僚、それに母親の元相談役にして親族である公爵が、なんとか王家の代理を務めているが。

王位を空席として７年は長すぎた。

レッケンベルが馬車馬のように働き、政治・軍事・戦場の三点、その全てにおいて才を見せ、外敵を打ち払っているから何とかなっているようなものだ。

特に、北方の遊牧民族に対してはレッケンベルがいなければ、話は進まない。

だから、それに集中してほしいのだが。

レッケンベルは、私の教育がまだ終わっていないと言う。

「確かに、バラのつぼみですね」

「まだ咲かないのかしら」

「まだ咲きませぬ」

レッケンベルが、囁《ささや》いた。

続けて、私の顔を何故か見つめながら囁く。

「まだ、開花の時期ではないのでしょうから」

「いつ咲くの？」

「おそらく、咲かないでしょう。その季節外れのつぼみは」

はあ、とレッケンベルが息を吐く。

その息は白い。

季節は冬であった。

「この温度では難しいかと。せめて切り花にして、室内にでも持ち込まなければ」

「そう」

「花も人間も一緒です。環境がおかしいと、咲かないものですよ。逆に、環境さえしっかりしていれば、花は必ず咲きます。ええ、咲かせて見せます」

レッケンベルは、何かに決意をこめた表情で呟《つぶや》くが、ふと、何かに気づいたかのように、おそるおそる、私に尋ねてくる。

「あの、カタリナ様。もしかしてですよ」

「何？」

「その花が、咲くところが見たいのですか？」

レッケンベルが、真剣な目で尋ねる。

花が咲くところ？

そういえば、何故《なぜ》私はバラのつぼみなど、ずっと眺めていたのだろう。

あの時、私は何故、バラのつぼみなどに執着したのであろうか。

どうでもよい。

「見てみたい」

世の中の全てが曖昧で、酷く濁っていて、父の憎しみも、姉の嫌がらせもどうでもよい。

そのはずであった。

ただ、この曖昧な世界で、レッケンベルだけが執拗《しつよう》に私に絡んでくる。

熱心に、貴女《あなた》が女王になるのだと、次期の女王としての教育を行ってくる。

それが鬱陶しいわけでもなく、ただ私は優秀な生徒として、それに黙って従う。

それで私の生活は、何の不都合も無かった。

なのに。

「見たいんですね！　本当に見たいんですね!!」

「う、うん」

ぶんぶん、と私の肩を摑《つか》み、振り回すレッケンベルが私の目の前にいた。

思えば、あのように相好を崩して喜ぶなど初めて見たような。

それほどに何故か嬉《うれ》しそうで、私はその勢いに押されて頷《うなず》く。

「ならば、盗んじゃいましょうか！」

「はい？」

理屈ではない。

いくら王宮の庭の物とはいえ、勝手に盗んじゃだめだろう、レッケンベル。

人の物を勝手に取ってはいけません、と教えたのはお前ではないか。

これは厳密にいえば王家の物といえるが、私の私物では無いし。

急にバラを盗まれては、造園職人も困るであろう。

「この一角にあるバラのつぼみの枝、全てを盗んでしまいましょう。そして、カタリナ様の部屋をバラで一杯にしてしまいましょう」

「ちょっと、レッケンベル？」

いや、そこまで欲しくはない。

ただの一輪の花で良いのだ。

私はこの一輪のバラのつぼみが、季節外れのバラのつぼみが、果たして咲くかどうか気になっただけで。

別に、一輪を枝ごと盗むぐらいならバレないだろうし、それで。

「カタリナ様の親衛隊を集めます。全員でとりかかりましょう」

「あの、レッケンベル？」

そんな大がかりな事したら、絶対バレるだろうが、そんなの。

本当にバラ園の一角の、花という花の全てを強奪するつもりか。

「暖かい部屋の中では、きっと綺麗《きれい》なバラが咲きます。部屋が綺麗なバラで一杯になります。素敵な光景になりますね」

「いやいや」

レッケンベルは完全にその気になっている。

何が彼女の心をそこまで揺り動かしたのか。

私には判《わか》らない。

「さあ、このレッケンベル、張り切ってまいりましたよ！」

どうしてこうなった。

結果から言おう。

私とレッケンベルは、宮廷の庭のバラを荒らした咎《とが》めを受け、何故だか私達への教育担当となっている軍務大臣から酷《ひど》く怒られた。

まあ、レッケンベルを叱れる度胸のある人間など、あの老婆以外にいなかったからだろうが。

ああ、想《おも》い出した。

あの時、怒られながらも、レッケンベルは酷く笑っていた。

ニヤニヤとしていて、嬉しさを抑えきれないといった感じで。

何故だ。

その答えを。

その答えは、尋ねれば判るのだろうか。

※

「ファウスト・フォン・ポリドロよ」

「はい」

バラの香り。

それが私の胸元の切り花から漂う中、尋ねる。

「お前は私とレッケンベルが起こした騒ぎを知っていると言った。それゆえのバラの贈呈なのだろう。その意図は理解した。だからお前に問う。何故、レッケンベルはあの時、バラを盗んだのだ」

「お分かりにならないと？」

「判らぬ」

答えよ、ファウスト・フォン・ポリドロ。

ポリドロ卿《きょう》は少し沈黙し、そして答えた。

「私は、カタリナ女王陛下がせがんだから、レッケンベル殿はバラを盗んだと聞きました」

「まあ、少し違うが間違ってはいない。バラ園の一角ごと盗むとは思わなかったが」

「レッケンベル殿は、恐らく嬉しかったのでしょう」

嬉しい？

何がだ。

「カタリナ女王陛下、貴女は何かレッケンベル殿に物をせがんだ事は？」

「それは」

無い。

何一つとして無かった。

生活に必要なものは王宮が全て用意してくれた。

それ以外の生活に必要でもない雑貨は、レッケンベルが全て贈り物として用意してくれた。

今では使えないガラクタとなってしまっても、未《いま》だに捨てられない。

「欲しい、というのは、その欲求は感情の一つです。レッケンベル殿はそれが」

黙り込む私に、ポリドロ卿が言葉を投げかけ続ける。

「嬉しくてたまらなかった。そう私は考えます。だから、バラ園の一角をごっそり盗み取るなんてマネを、いや、おそらくではありますが、勝手な予想を続けても？」

「続けよ」

私はポリドロ卿に話を続けさせる。

予想でも何でも構わなかった。

私は少しでも、あの時レッケンベルが何を考えていたのかを知りたいのだ。

「レッケンベル殿は、カタリナ女王陛下の笑いを引き起こそうとしたのではないでしょうか」

「笑い、とは」

「バラ園の一角全部を盗みとるなんて馬鹿げた暴挙、やるもんじゃない、馬鹿な事をするな、そういう笑いです」

ポリドロ卿の予想。

嗚呼《ああ》。

あの時のレッケンベルの行為には意味が。

「後々一緒に怒られることまで予想済み。それを覚悟の上で、馬鹿げたことをやった。私はそれを――」

意味が、あったのか。

「レッケンベル殿の愛情であったと考えます」

ポリドロ卿の最後の言葉を聞き終えた途端に。

私の心の何処《どこ》かで、燻《くすぶ》っていた全ての弾《はじ》ける音がした。

あの時、私の部屋を花瓶で一杯にしたバラのつぼみ。

あれは、すべて綺麗に咲いた。

脳裏に浮かぶのは、それを眺めながら、ニコニコしていつもの糸目で笑うレッケンベルの姿。

いや、あの時、レッケンベルはバラではなく。

咲いたバラを見つめる、私を眺めていたのだ。

「嗚呼」

口から驚きが漏れる。

馬鹿なやつがいた。

理屈でそう思う。

「愚かな」

そうだ、馬鹿で愚かだ。

何と愚かな。

何と馬鹿で愚かな私なのだ。

私はポリドロ卿にそれを言われるまで、何一つ気づけなかった。

「何故、何故」

ここまで、ここに至るまで。

あのレッケンベルの愛情を理解できなかったのだ。

もはや取り返しは付かない。

レッケンベルは死んでしまった。

もはや、何の恩返しもできない。

何に報いる事もできない。

「何故、私はここまで愚かなのだ」

嗚咽《おえつ》。

玉座にて、涙がポタリと胸元に落ちた。

それがバラの切り花に落ち、それはまるで朝露の雫《しずく》のようになった。

やがて、通り雨のように、バラに水滴が降り注ぐ。

私は人目を憚《はばか》らず、その場で泣き出した。

このイナ＝カタリナ・マリア・ヴィレンドルフはこの日、ついにレッケンベルの愛情全てを理解したのだ。

第38話　愚か者の身の上話

王の間に、カタリナ女王の嗚咽だけが響く。

こうなるのは予想外であった。

私は、カタリナ女王から一笑を取るつもりであった。

私とヴァリエール第二王女のコント。

吟遊詩人から聞いた、カタリナ女王とレッケンベル卿のエピソード。

それをなぞるようにして、カタリナ女王の前でそれを演じることで。

「ああ、レッケンベルと共にバラを盗んだ、そんな事もあったな」

その想い出からくる一笑を。

それを奪い取るつもりであったが、想像以上にカタリナ女王の心に深く切り込んだようであった。

カタリナ女王は、おそらく今の今まで、レッケンベル卿の深い愛情を理解できなかった。

私はそれに、深い共感を覚えた。

ひょっとしたら、似ているのかもしれない。

私とカタリナ女王は。

「嗚呼、嗚呼、嗚呼」

カタリナ女王は未だ泣き止《や》まぬ。

ヴァリエール第二王女はオロオロとしている。

それはこの王の間で立ち並ぶ高級官僚、そして騎士達《たち》も同様で、どうする事も出来ない。

いや、ただ一人だけ老婆が近寄った。

それが、カタリナ女王の近くに歩み寄り、声を掛ける。

何歳になるかもわからない、ヴィレンドルフで一番侮ってはならない老獪《ろうかい》な人物と言われる軍務大臣である。

ヴィレンドルフに来る前に、アナスタシア第一王女から聞いた情報を思い出す。

「カタリナ女王。客人がお困りです」

「ああ、判っている、判っているのだが」

カタリナ女王が、両手を顔から外し、その顔を上げる。

「涙がどうしても止まらぬ。何故《なぜ》、私はレッケンベルの愛情に、何一つ応えてやる事が出来なかったのだ」

笑いを取るどころか、泣かせてしまった。

私はもはや、何かを言うべきではないのかもしれない。

まして、そのレッケンベル卿を殺した立場である。

ひょっとしたら、怒らせる事になるかもしれぬ。余計な事なのかもしれぬが。

私の言葉は何故か止まらぬ。

「カタリナ女王陛下」

「何だ、ファウスト・フォン・ポリドロ。まだ何か言うべきことがあるのか？」

「はい」

私は膝を折ったまま、首だけを頷《うなず》かせる。

「少し、身の上話をしてもよろしいでしょうか？」

「身の上話？」

「一人の愚か者、母親の愛情を死に際まで理解できなかった者の話です」

カタリナ女王の涙は止まらない。

やや卑屈にすら感じる声色で、カタリナ女王は応じる。

「それは私の事か？　この、レッケンベルの愛情を死後2年経《た》ってから、やっと気づいた私の事か？」

「身の上話と、先に申しました。これは私の話であります」

「お前の？」

そう、私の話だ。

一人の愚かな男の話。

「今の、カタリナ女王陛下の涙を止めることに、お役に立てればと思います」

ずっと胸に秘めている。

未だに後悔は尽きない。

我が母の話だ。

ここに居る愚か者の身の上話だ。

「良いだろう。お前の話を聞こう。この涙を止めて見せよ」

「承知」

カタリナ女王の許可を得る。

私は一人、身の上話を始める。

「我が母はマリアンヌ・フォン・ポリドロと申します。私を長男として産み、その後夫を亡くし、それからは独り身を貫きました」

「……新しい夫は取らなかったのか？　アンハルト王国の文化は知っている。領地を相続する長女無しでは」

「新しい夫を取るのが領主貴族としての義務でありましょう。ですが、そうはしなかった」

従士長ヘルガから聞いた話である。

「我が母は病弱で、次の子を産むのが難しいと思ったのか。それとも、新しい夫を拒む程、亡き父を愛していたのか。そのどちらかは判《わか》りかねますが。どちらにせよ、それはしなかった」

母上の考えは、未だに判らない。

死んでしまったからには、尋ねることは今更できない。

「そして、いつしか私に槍《やり》や剣を教えるようになりました」

「アンハルト王国の文化では」

「はい、異常であります」

　はっきりとそう答える。

　ヴィレンドルフ王国でも、もちろん10人に1人しか生まれない大切な男子だ。

　それは家の中で大切に扱われ、育てられる。

　護身用に剣の使い方を教え、身体《からだ》を鍛えさせることはむしろ好まれる点もあるだろうが。

　しかし。

「アンハルト王国の文化では、明確に異常であります。男など鍛えてなんになるのか、あまりに酷です、息子が可愛《かわい》くないのですかと、そのように侮蔑を受けました」

「で、あろうな」

「いつしか、懊悩《おうのう》の余り、気が触れてしまったのだ。そのように扱われる様になりました。夫の親族との縁も途切れ、周辺領主との縁も途切れ、母は鼻つまみ者。アンハルト貴族の誰からも相手にされないようになりました」

　これも、従士長ヘルガから聞いた話。

　母が亡き後に全てを知った。

　ヘルガの、自分ですらマリアンヌ様を侮蔑していた、この場で斬り殺して頂いても構わないと言う懺悔《ざんげ》の告白。

嗚呼《ああ》、母上は。

どこまで苦しんでいたのであろうか。

「ですが、母マリアンヌは、私へ槍や剣を厳しく教えることを止めませんでした」

「お前の才能を見抜いていたのであろうな。当時はこの世でたった一人だけ、将来超人に、英傑になると確信して」

「そうであったと考えます」

そうでなければ、母上は途中で訓練を止めていたのかもしれない。

私に将来、良き嫁が来るように奔走していたのかもしれない。

やはり、亡き母親に尋ねることは今更出来ぬが。

「私は、当時、それが、その厳しい訓練が当たり前のことであると考えていました」

「辛《つら》くは無かったのか？」

「少しも」

辛かったのは、母上の方であろう。

周囲の理解も得られず、どれだけ苦しかったことか。

「母の苦しさの一つも理解せず、病弱な母がその重たい身体で、どんな身を引き裂く思いをしながら、私を鍛えているかを」

母上の苦しみ。

当時は何一つ考えた事も無かった。

「少しも理解せず、辛くもなく、ただこれが領主騎士としての教育なのだな、と当たり前のように考えていたのです」

前世というものがあったから。

領主騎士の教育が厳しいなど、当たり前のものと受け止めていた。

まして、超人のこの身である。

「私は愚か者でした。時には、まれではありますが、母に勝利して無邪気に喜ぶことすらありました。病弱な母を木剣で打ち据えて。なんと愚かな。あの時の母の、痛みをこらえながらも笑みを浮かべる顔が今でも忘れられません」

「お前の母、マリアンヌは本当にその時、嬉《うれ》しかったのではないのか」

「それが何の言い訳になりましょうか」

母の身体を慮《おもんぱか》るべきではなかったのか。

病弱な事は知っていたではないか。

超人として産まれたこの身に、驕《おご》っていた愚か者。

それが私だ。

「母は、その病弱な身体を押して、領主としての、貴族としての役目を続けました。私への教育も怠らず、軍役に毎年赴き、おそらくは周囲の貴族達から与えられる侮蔑の目を受けながらも」

苦労したであろう。

母の軍役の多くは、ただの山賊退治であったと聞く。

だが、どうしても他の貴族と顔を合わせざるをえない。

その時の、口には出さねど腹の底では笑っていたであろう他貴族の侮蔑。

母はどれほど苦しかったであろうか。

「母は、軍役で他の街に出かけた際には、必ず私に土産を買ってきました。髪飾りや指輪でした」

「良き母であったのだな。私もレッケンベルから軍役帰りには贈り物を受け取った。今でも大事に保管している」

「そうです。ですが、当時の私にはそれが理解できなかった」

たとえ、この剣ダコと槍ダコでゴツゴツとした指には嵌《は》められぬ指輪でも。

この2mの身長では人の目に映らぬような髪飾りでも。

たとえ前世の感覚で、それを付ける事を忌避していたとしても。

母から与えられた贈り物なのだぞ。

「全て、領民に与えてしまったのです。カタリナ女王陛下のように大事に保管する事などせず、今では母から贈られた物は何一つ残っておりませぬ」

母から贈られたもので残っているのは、15歳の頃に贈られた、物とはもはや同列に語れぬ愛馬フリューゲルだけ。

それ以外は何も残っていない。

なんと親不孝者なのだろう。

「それは、お前が領民想《おも》いであっただけで」

「申し上げます。それが母に対し何の言い訳になりましょうか」

母は何も言わなかったが、自分の買った贈り物が、全て領民に与えられた事ぐらい知っているだろう。

自分が息子に買った贈り物を、何故か領内の男が嬉しそうに付けているのを目にする。

それが母の心を、どれだけ傷つけた事か。

愚かすぎて、死にたくなる。

感情が昂《たかぶ》る。

「母マリアンヌの身体は、私への教育、毎年の軍役、そして周囲からの侮蔑でボロボロに。私が15歳の頃には病に倒れました」

「ポリドロ卿《きょう》よ。お前は」

「カタリナ女王陛下、今はただお聞きください。貴女《あなた》以上に愚かな男の身の上話を！」

私は絶叫する。

カタリナ女王の涙はすでに止まっていた。

代わりに、自分の目から涙があふれ出る。

「そうして、更に5年の歳月が過ぎました。私が20歳の頃、母マリアンヌの姿は、もはやロクにスープも飲めなくなり、か細くなっておりました」

　話を続ける。

　もはや、誰も止めようとしない。

「そのベッドの上での最期の言葉は、『御免なさい、ファウスト』でした。私は、母を、自分の息子に過酷な運命を与えたと、酷《ひど》い後悔の念と共に死なせてしまった」

　嗚呼、何故《なぜ》。

　何故、母上に謝罪など。

　謝らせなどしてしまったのか。

　私は何も。

「愚かな私は、その時に至るまで、母が死ぬまで、母親の愛情に何一つ気づけずにいたのです。ただ当たり前のように、神から与えられたような力に良い気になって、その力で母親に何一つ親孝行も出来ず」

　母が倒れ、代わりに軍役を果たした五年間。

　出来たのはそれくらいの、後継者として当たり前の事。

　何の足しにもなりはしない。

「私は貴女の事をちゃんと母親として愛している。愛しているのだと、その一言すら告げられなかった」

　微《かす》かに、すすり泣く声が聞こえる。

ヴィレンドルフの貴族たちの静かにすすり泣く声であった。

そして。

「ファウスト・フォン・ポリドロよ。お前は私なのだな」

再び、静かに泣き出した、カタリナ女王の涙。

嗚呼、我が母のために泣いてくれるのか。

なれば、この愚か者の身の上話をした価値はある。

「我々は共に愚か者だ。ファウスト・フォン・ポリドロ」

「そうです。しかし、私はこう考えるのです、カタリナ女王陛下」

「何か」

カタリナ女王が、玉座に座ったまま尋ねる。

「愛は、見返りを求めるだけの好意を愛とは呼ばないのです。貴女はレッケンベル卿から。私は母マリアンヌから愛されました。かの二人は、見返りなど求めていたのでしょうか」

「求めていなかった、か」

「死んだ者はそれで充分なのかもしれない。そう考えます」

そして。

亡き者に我々が出来ることは。

「相手が死してなお想う事で、亡き相手に届く愛があるのかもしれませぬ」

「あるのだろうか。もはや我らの想い人はこの世から旅立ってしまった。ヴァルハラや天国はあまりに遠い」

「私はあると考えています。そうでなければ」

そうでなければ。

「余りにも悲しすぎるではありませんか。そう考えます」

「そうか」

カタリナ女王が、その涙を指で拭いて。

玉座から立ち上がる。

「ファウスト・フォン・ポリドロ」

「はい」

私は膝を折ったまま、その声に返事する。

カタリナ女王はつかつかと歩み寄り、私の前で贈答品、バラの花束を私の眼前に差し出す。

「我が母であるクラウディア・フォン・レッケンベル。その墓地を訪れてほしい。そして、この花束を、お前から捧《ささ》げてくれ。お前にはその権利がある」

「私はレッケンベル卿を撃ち破った男です」

「レッケンベルを甘く見るなよ、ファウスト・フォン・ポリドロ。私がどれだけレッケンベルの傍《そば》にいたと思っている」

カタリナ女王は、私の手に花束を握らせた。

「お前が自ら花を捧げねば、レッケンベルに私が怒られる。そう思っての事だ」

「承知」

短く答えた。

カタリナ女王はそうして玉座に戻っていき、再び座る。

「皆の者、騒がせたな。交渉を再開する。ファウスト・フォン・ポリドロ、お前との話は一旦終わりだ」

「はい。後はヴァリエール第二王女とお話しを」

「判《わか》っている」

本来、カタリナ女王と話すべき正使。

それに視線を向けて、カタリナ女王は交渉を再開する。

「ヴァリエール第二王女。10年の和平交渉、受けても良いぞ」

「本当ですか！」

ヴァリエール様が満面の笑みで叫んだ。

それこそが目標であり、カタリナ女王の心を斬ることは手段に他ならぬ。

だが、それももう終わりだ。

私は見事に心を斬った。

「ああ、本当だ。それで条件だが」

カタリナ女王は私を指さし、宣《のたま》った。

「ファウスト・フォン・ポリドロの子を私の腹に宿せ。それが条件だ」

「はあ!?」

ヴァリエール第二王女の、期待を裏切られたような声。

それが王の間に響き渡るが、ヴィレンドルフの法衣貴族や騎士達《たち》はピクリとも動かない。

むしろ、この展開に納得がいくという表情であった。

私はというと。

「何故?」

カタリナ女王の心が判らぬ。

笑わせる、という最初の思惑こそ外せど。

カタリナ女王の心はガッチリ摑《つか》んだと思った。リーゼンロッテ女王の言うとおり、心を斬れという役目を果たした。

後は、ヴァリエール第二王女が話を進めるだけ。

そのつもりであったのだが。

「いや、本当に何故?」

カタリナ女王が、何故自分の子種など欲しがるのか。

このファウスト・フォン・ポリドロにはさっぱり見当がつかなかった。

第39話　和平交渉成立

私には理解しがたい状況が続いていた。

私の子種が欲しい？

何故そうなる。

眼前では、カタリナ女王とヴァリエール様がハードな交渉を続けている。

「ファウスト・フォン・ポリドロの子を私の腹に宿す。それが条件だ。何度も言わせるな」

「いえ、しかしですね。ファウストは、ポリドロ卿はアンハルトと双務的保護契約を結んでいるだけのれっきとした封建領主であり、我が第二王女相談役といえども、アンハルト王国にそれを強制する権限など一切なくてですね」

「だれが強制しろと言った。もうよい。ポリドロ卿と直接話す」

ヴァリエール様はあっさり敗れた。

この役立たず。

そう心で罵ってみるが、言っている事は間違っていないよな。

私がカタリナ女王と話さないといけない内容だ、これは。

というか、本当に話を聞かねば判らない。

カタリナ女王が何を考えているのかが、わからん。

「ファウスト・フォン・ポリドロよ。私に抱かれるのは嫌か？」

カタリナ女王は立ち上がり、その赤毛の長髪に、ドレスからはちきれんばかりのムチムチボディを晒《さら》している。

文句なしの美人でもある。

そのオッパイは大きい。

いえ、嫌ではないです。

全然不満なんか無いです。

だけれどさ。

「カタリナ女王、私は和平交渉に訪れたとはいえ、隣接する仮想敵国の英傑、そしてヴィレンドルフの英傑にして貴女の親代わりと言ってもいいレッケンベル殿を撃ち破った男でありますす」

私は理屈を吐く。

駄目な条件揃《そろ》いすぎだろ。

「それに何か問題が？　レッケンベルを撃ち破ったのは、正々堂々の一騎討ちであったのだ。まして、お前はその死を悼んでくれさえした男だ。そこに恨みは無い。それどころか、ヴァルハラで今も眺めているであろうレッケンベルは、私が子を孕《はら》んでも良いと思える男を見つけた事に喜んでくれるであろう」

サラッと、カタリナ女王は私の理屈を流した。

いや、問題ありだろ。

私はそう思うが。

「軍務大臣。ポリドロ卿《きょう》の子を私が孕む事に何か問題があるのか？」

「何一つありませぬ」

カタリナ女王の言葉に、老婆がニコニコと顔をしぼめて答える。

「ああ、やっとカタリナ様が、次代の女王を産む覚悟を固めて下さった。その安心で胸が一杯でございます。本音を申せば、ポリドロ卿には我が国に王配として来ていただきたい。ですが、それはさすがに望み過ぎでありましょうからな。妥協すると致しましょう」

ほっほっほっ、と老婆が微笑《ほほえ》む。

ほっほっほっ、じゃねえんだよババア。

それでいいのか。

ヴィレンドルフの流儀は知っているが、さすがに利権が絡む法衣貴族達が反対をしてくれると思ったが。

「あのポリドロ卿を抱き、子を孕むなど」

「何と羨ましい」

漏れ聞こえる声から判断するに、全然反対してねえ。

あるだろ、普通反発とか。

お前等《ら》も自国の男と結ばれてほしいとか、自分のところの男を差し出して派閥を強化したいとか。

あるだろ、そういう願望が。

そんな私の考えを無視して、カタリナ女王は尋ねる。

「この王の間に居る全ての貴族、騎士に問う。私がファウスト・フォン・ポリドロの子を孕むことに反対の者はいるか？」

カタリナ女王が満座の席の全員に問う。

いくらヴィレンドルフの流儀が流儀とはいえ、他国の男はな。

正面切って問われれば、誰か反論位はするだろう。

この世界は絶対王政の国ではない。

封建国家である。

この場にはヴィレンドルフの諸侯も揃っている。

誰かしら反対するだろう、そう思うが。

「カタリナ女王、我が公爵家にもファウスト・フォン・ポリドロの子種を譲っていただくことは……」

「同じく、我が家の長女にも」

「我が家にも……」

わあ、わたくし大人気。

止めろやお前等。

貞操観念逆転世界とはいえ、何故《なぜ》こうも私の子種を求める。

ヴィレンドルフだからか。

この国では私は絶世の美男子だ。

そして、この国では強き者を崇《あが》める。

そして超人の子は、超人の素質を受け継ぎやすい。

何となく、そこらへんの理屈で納得する。

強引に納得する。

「却下、ファウスト・フォン・ポリドロは私のものとしたい。軍務大臣の言うとおり、本音では王配に欲しい。だが、ポリドロ卿にも領地にて護《まも》るべき領民が待っていよう。これでも妥協しているのだぞ」

その心配りは嬉《うれ》しいのだが。

貞操帯の下にて今は縮こまっている、もう一人の私も不満は全くないのだが。

ヴィレンドルフの女王に抱かれるとだ。

「カタリナ女王陛下、恐れながら申し上げます」

「何だ」

「カタリナ女王陛下に抱かれると、私の結婚相手を見つけるのが絶望的となります」

ただでさえ、アンハルト王国ではモテないのだ。

公然と口説いてくる相手など、私を愛人に欲しいとアピールするアスターテ公爵、そして、唯一私を直接男として口説いてきたザビーネ殿ぐらいのもの。

敵国の女王の、情夫となったと噂《うわさ》されれば、おそらく私の輝かしい結婚生活は絶望的となる。

もう嫁など絶対来ぬ。

「私はアンハルト王国では全くと言って良いほどモテませぬ。敵国の女王の情夫になったとなると……」

「それはアンハルト王国が愚かなのだ」

ふん、と鼻でカタリナ女王が笑い捨てる。

一刀両断である。

その愚かなアンハルト王国の使者なんだけどな、私。

「国の英傑に、わきまえた嫁の一人も斡旋《あっせん》できぬ。ましてや英傑を国民や貴族が冷遇？　アンハルト王国はどうなっているのか。正直疑問に思うぞ」

「私もその辺は不満が無いとまでは言えませぬが……」

国から、嫁の一人くらい斡旋してくれよ。

私、ヴィレンドルフ戦役では死ぬような思いしたぞ。

ヴァリエール第二王女殿下の初陣も、私には難行ではないとはいえ、他人から見ると無茶ぶりだったぞ。

そして本当の無茶ぶりは、今回のこの和平交渉だ。

私、頑張っているぞ。

何故、王家は嫁の一人も斡旋してくれないのだ。

アンハルトの貴族はパーティー一つ呼んでくれやしない。

アンハルトの貴族の女と、嫁を見繕うため出会う機会なんぞ一つも無かった。

言われてみれば、私には不服であった。

だが、ファウストは知らない。

その原因はファウスト・フォン・ポリドロが余りにもアンハルト王家から愛され過ぎたからなどとは。

ファウストは知らない。

王家が嫁を斡旋してくれないのは、ファウストをアナスタシア第一王女とアスターテ公爵の愛人にするつもりだからなどとは。

ファウストは知らない。

貴族のパーティーに参加できないのは、アスターテ公爵が余計な事をされないよう睨《にら》みつけているからなどとは。

要するに、全てファウストの自業自得であった。

何もかもがファウストの責任とは言えないが、露骨な好意の視線を向けているリーゼンロッテ女王、アナスタシア第一王女、アスターテ公爵。

それらに全く気付かないのは、ファウストが恋愛糞雑魚《くそざこ》ナメクジであったからだ。

今回の、カタリナ女王からの好意の件も含めてであるが。

ファウストには、墓穴を自分で掘る癖が存在した。

だが、今の状況とは関係ない。

故に、話は続く。

「ヴィレンドルフから、わきまえた嫁を一人選抜する。熾烈《しれつ》な争いになろうが、ちゃんとお前の要求も踏まえた女を用意する。これでどうだ」

「いえ、ですから敵国から嫁を貰《もら》い受けることは」

「和平交渉を結んだなら敵国ではない。交渉条件である和平については、別に10年でなくともよいのだぞ。20年でも30年でも。なんなら、ポリドロ卿が死ぬまででも良い」

私はカタリナ女王の勢いにたじろいだ。

駄目だ、このままでは押される。

反論が思いつかない。

どうすべきか。

貞操帯の下に眠るもう一人の私は、もういいじゃないか、そんな諦めというか、本音を口走る。

カタリナ女王は正直好みである。

いや、待てファウスト・フォン・ポリドロ。

お前にはザビーネというロケットオッパイが口説いてきているじゃないか。

比較する。

ムチムチボディのカタリナ女王と、ロケットオッパイのザビーネ。

甲乙つけがたし。

私の貞操帯下に眠る、もう一人の私はそう判断した。

ゆえに、沈黙する。

どいつもこいつも役立たずである。

やはり、私が最後に頼りにできるのは私の地頭だけである。

この現世では余り役に立たぬどころか稀《まれ》に混乱させるが、前世の教養だけは妙にある私の脳味噌《のうみそ》よ。

答えを導き出せ。

出した答えは――

「カタリナ女王陛下は、私を愛しておいでなのですか?」

逆に尋ねてみる。

これである。

「判《わか》らぬ」

カタリナ女王の正直な答え。

「ただ、慰め合いたいだけかもしれぬ。褥《しとね》で、お前を抱きしめて泣きたい。ただそれだけなのかもしれぬ。母からの偉大な愛に返事をすることが出来なかった同じ過去を持つ二人で慰め合い、抱き合いたいだけなのかもしれぬ」

哀願するような目。

それで私を見つめながら、カタリナ女王は独り言のように言う。

「だが、それは間違いか。ポリドロ卿、私と褥で傷を慰め合うのは嫌か？」

全然嫌じゃありません。

貞操帯の下の、もう一人の私自身がムクリと反応した。

落ち着け、もう一人の私自身よ、ここでチンコ痛くなるのは御免だ。

考えろ、ファウスト・フォン・ポリドロ。

もう私はここまで死ぬほど頑張ったからゴールしてもいいよね、そんな考えもうっすら浮かばないわけではないが。

なんとかこの場を切り抜けるのだ。

再び、出した答えは。

「嫁を娶《めと》ってから、カタリナ女王と褥を共にする、というのでは如何《いかが》かと」

一時保留であった。

断れば、和平交渉は成り立たぬ。

第二次ヴィレンドルフ戦役の幕開けである。

もう一回やったら、ほぼ確実に負ける戦の始まりである。

やっても負けて、私がヴィレンドルフの王宮に引きずられていくだけである。

だから、もはやカタリナ女王の申し出は断れぬ。

一時保留しかできない。

「嫁を娶ってからか。その嫁を言い聞かせるのに、どれくらい時間がいる。また、お前が嫁を娶るまで何年かかる？　長くは待てぬぞ」

その一時保留案に、聞く耳を持ってくれるカタリナ女王。

やはり理不尽な人間ではない。

私は考える。

「2年、待てませんか」

「2年か……その頃、私とお前は24歳だな」

逆に言えば、私も待ててそれぐらいだ。

アンハルト王国からの斡旋、或《あ》いは私がザビーネ殿を口説き落とすか、逆に口説き落とされるか。

待ててそれだけだ。

もし、ザビーネ殿が嫁に来てくれなかった場合。

その代わりすらアンハルト王国が何も手配してくれないようなら、いっそカタリナ女王を抱く。

そしてヴィレンドルフから嫁を手配してもらい、ポリドロ領を継ぐ子供を産んでもらう。

それ以外、思い浮かばぬ。

和平交渉の仲介役となるのだ。

私がヴィレンドルフから嫁を貰っても問題はあるまい。

このぐらい計算含みでなければ、正直もうやっておられぬ。

「よかろう」

カタリナ女王は頷《うなず》いた。

「待つとしよう。我が居室の褥でお前を抱く日を、ただ待ち続けることにしよう」

「納得いただけたなら、幸いです」

もうこれ以上、交渉の余地はない。

先ほどからずっと黙りっぱなしのヴァリエール様も、それくらいは判っているのか、頭を抱えている。

ヴァリエール様、貴女《あなた》が悪いわけではない。

これは交渉役がアナスタシア第一王女でも、アスターテ公爵でも、交渉条件など揺るがないわ。

カタリナ女王側に一切譲る気がないもの。

「よし、決まりだ。二年後、いや、来年も必ず訪れよ。ファウスト・フォン・ポリドロよ。二年もお前の顔を見られぬのは辛《つら》い」

「承知しました」

来年も来ることになるのか。

いや、決して嫌いじゃあないんだよ。

男と女としては嫌いじゃあないんだよ、カタリナ女王の事。

だが、自分としては権力を背景にして押し切られた気がしてならぬというか、現実はそうである。

貞操帯の下のもう一人の私は嫌がらないが。

頭蓋骨の中に住む、脳味噌の中の私は何か少し腑《ふ》に落ちない。

まあ、どうしようもないか。

溜《た》め息《いき》を吐《つ》く。

「これにて交渉成立だ。10年の和平交渉を受け入れよう。アンハルト王国の希望によっては和平期間の延長も考えよう。ヴァリエール第二王女、無視したようで済まなかったな」

「はい」

ヴァリエール様は、ああ、もう何もかもファウストに押し付けてしまった、そういう表情であるが。

貴女にはリーゼンロッテ女王に、バラを盗んだ件で一緒に謝ってもらわねばならぬ。

まだ仕事は残っているのだぞ。

そんな落ち込んだ気持ちになられては困る。

「ポリドロ卿《きょう》、いや、これからはただのファウストと呼ばせてもらうぞ。我が情夫、いや、愛人となるのだからな」

「承知」

私は何かを諦めた。

「一秒の時間の別れも惜しいが、とりあえずファウストはレッケンベルの墓地に花を捧《ささ》げに行ってくれ。そこで、今日はどこに泊まるか。私の寝室でも良いが——楽しみは先で良い」

カタリナ女王は朗らかに笑いながら、目線を、立ち並ぶ騎士の列——、
その末席、およそ年齢は12歳ぐらいであろうか。

その少女に視線を送り、言葉をかける。

「ニーナ・フォン・レッケンベル。お前の母、クラウディア・フォン・レッケンベルの墓地へと案内し、そのまま第二王女殿と、ファウストをお前の屋敷に泊めてくれ」

「承知しました。我が屋敷であれば、ポリドロ卿も安らげましょう」

え、この少女、レッケンベル殿の一人娘か。

事前に情報は得ていたが、ちっとも安らげない。

ちっとも安らげないぞ、自分が一騎討ちで殺した娘さんの屋敷で一泊だなんて。

これでマルティナにも結構気を遣った生活を送っているんだぞ。

お前等《ら》、私の心境に少しは気を配ってくれ。

「それでは、これにて交渉を終えるとしよう。後はヴィレンドルフの王都を楽しんでくれ」

ちっとも楽しみにできないのだが。

「ああ、ニーナ・フォン・レッケンベル、最後に一つ。お前の母、クラウディアの用いた魔法のロングボウ。あれをファウストに貸してやってはくれまいか？　遊牧民族相手に死なれでもしたら私が困る」

「さて、果たしてアレを引けるものか。引けるものでしたら、お貸しするにやぶさかでありませんが」

何か勝手に話が進んでいるし。

あの、ヴィレンドルフ戦でも私が食らった強弓か。

そりゃあ、おそらく来年の軍役である遊牧民族戦で使わせてもらえるなら有り難いが。

「それでは、交渉を完全に終わりとする。皆、大儀であった」

カタリナ女王の言葉と共に。

和平交渉はこれにて纏《まと》まり、終結となった。

このファウスト・フォン・ポリドロの微妙な感情をその場に置き去りにしながらではあったが。

ともかく、和平交渉は終わった。

第40話　憎まれる覚悟

墓地。

クラウディア・フォン・レッケンベルの墓前に辿《たど》り着く。

その墓前には、大量の花が捧げられている。

ああ、レッケンベル殿は本当に国中から愛されていたのであろう。

花の質で判るのだ。

平民が小遣い銭で花売り娘から買えるような質素な一輪の花から。

貴族が大枚はたいて買ったような、豪勢な花束まで。

全てが揃《そろ》っている。

それが一目で判る様子であった。

私が倒した、そのヴィレンドルフきっての英傑の墓の前に膝を折り、アンハルト王宮から盗んで来たバラの花を捧げる。

リーゼンロッテ女王の大切にしている亡き王配のバラ、その価値は捧げられた花の中でも高い方だと思う。

きっと、あの糸目のレッケンベル卿さえも目を見開き、ヴァルハラで大爆笑してくれよう。

それはよい。

私を貫く視線、それが背後からでもよく判《わか》る。

この超人的感覚では、手に取るように判るのだ。

ニーナ・フォン・レッケンベル。

レッケンベル騎士団長の忘れ形見、その一人娘。

彼女はカタリナ女王との謁見を終えてから、墓に案内するまでの間、一言も喋《しゃべ》らなかった。

こちらも同様である。

語り掛けることはできなかった。

自分が戦場で殺した相手の、一人娘にどう語り掛けて良いか判らなかったのだ。

目を瞑《つぶ》る。

今はただ、レッケンベル騎士団長の冥福を祈る。

ヴァルハラで確実にエインヘルヤルとして歓迎されたであろう、彼女の冥福を祈るのも変か。

ヴィーグリーズの野にて、敵である巨人どもを相手に回しての活躍を、代わりに祈る事にしようか。

私は瞑目《めいもく》し、祈りを続ける。

それが数分経《た》った頃であろうか。

私は立ち上がり、ずっと私の背後を貫いていた視線の主に声を掛けた。

「行こうか。ニーナ嬢の屋敷に」

「王都を見て回る気はありませんか？　カタリナ女王はそのように」

「いや、目立つのは御免だ。なにせこの体格なのでな。このような背の高さの男、目立って仕方ないだろう」

フリューテッドアーマーはすでに脱ぎ終えた。

おそらく、帰路につくまで着用することは無いだろう。

今は用意しておいた礼服で、ニーナ嬢に相対している。

「そうですか、では我が屋敷に案内します。再び、馬車にお乗りください」

「判った。マルティナ、行くぞ」

「了解しました」

第二王女、ヴァリエール嬢はこの場に居ない。

今日はもう何もしたくない、と憔悴《しょうすい》しきった顔で、第二王女親衛隊を引き連れニーナ嬢の屋敷に先に向かった。

可哀想《かわいそう》に。

いや、心労の一つ、バラを根っこごと引き抜いて盗んだのは私のせいだが。

後はカタリナ女王との交渉で気疲れしたのであろう。

ヴァリエール様は初陣で成長した。

私から見ても、そう感じ取れる。

だが、才能としてはやはり凡人なのだ。

女王の気に当てられるのは厳しかったか。

そんな事を思いながら、馬車に乗る。

馬車に乗るのはニーナ嬢、マルティナ、それに挟まれて私。

まだ幼いともいえる少女二人に挟まれる、身長2m超えの筋肉モリモリマッチョマンという構図である。

奇妙な光景であった。

「マルティナ・フォン・ボーセル殿」

「はい」

私という巨大な肉塊の存在を無視して、ニーナ嬢が、マルティナに声を掛ける。

「憎しみはないのですか？」

その発言は、唐突であった。

意味は理解できる。

母親を殺した、ファウスト・フォン・ポリドロという人物が憎くはないのか。

そういう意味であろう。

「ありません」

マルティナはあっさりと答えた。

「母は他の領地を荒らす盗賊へと落ちました。貴女《あなた》の母のような、国中がその死に涙する英傑とは違うのです」

「だが、母親であった」

「それがどうしました」

ニーナ嬢の問いに、マルティナが跳ね除《の》ける様に答える。

「母親です。しかし、その結末は自らの行いにふさわしい罪人でした」

「お前は、あの謁見の場にいた。ファウスト・フォン・ポリドロ卿の、母君マリアンヌ殿への慟哭《どうこく》を聞いた。何も感じなかったのか。お前の母は、お前を愛さなかったのか」

ニーナ嬢の、再びの問い。

私を引き合いに出されたが、私は口を挟む気にはなれない。

黙り込み、カロリーヌは、マルティナの答えを待つ。

「母は、私を確かに愛しておりました」

「なら」

「なれど、ファウスト様を憎みなどしませぬ。あまりに筋違いであります」

マルティナが、ニーナ嬢を無視する様に顔を背けていたのを止《や》め、ニーナ嬢の目を見つめる。

「貴女は、ファウスト様を憎んでおいでですか」

「侮辱するな！　憎んではおらぬ！」

揺れ動く馬車の中、その小さな背でニーナ嬢が立ち上がる。

「正々堂々だ！　正々堂々、ポリドロ卿《きょう》は我が母上を討ち取ったのだ。そしてその遺体を丁重に返却し、その闘いを生涯忘れないとまで言ってくれた。この王都までの道中にて、我が母上への弔いのようにあらゆる騎士の一騎討ちを断らず、ここまで来たのだ！　それを、それを」

ニーナ嬢が、感情的な声を張り上げるが。

やがてそれは途中で止まり、ニーナ嬢の従士であろう、馬を引いていた者が馬車の中を覗《のぞ》き込む。

ニーナ嬢の叫び声が聞こえたのであろう。

馬車は一時、停止する。

「失礼します。ニーナ様、何か」

「何でもない。馬車を止めないでくれ」

ニーナ嬢は座り込み、口を閉じる。

従士は馬車の中に突っ込んだ首を引き戻し、再び馬を操る。

馬車が動き出した。

「憎む事など。憎める要素など、どこにもないのだ。憎めば、ヴァルハラにいる母上が激怒するであろう」

ニーナ嬢の、自分に言い聞かせる様な言葉。

嗚呼《ああ》。

ニーナ嬢は、悩んでいるのだな。

ならば黙ってはおれず、口を開く。

「ニーナ・フォン・レッケンベル殿。貴女の名前を、私は何とお呼びすればよろしいか伺っても？」

「……ただのニーナでいい」

「では、ニーナ嬢。私を憎むという感情は悪い事ではありません」

言い聞かせるように、語る。

憎まれたくはない。

好んで憎まれたくはないのだがなあ。

この子には、私を憎む資格があるのだ。

だから。

「憎むという事も、愛するという事も、執着から生まれます」

「執着？」

「執着です。例えば、私は領地に執着しております」

先祖代々の領地たるポリドロ領。

大した特産品も無い、どうという物もない領地だ。

３００人ぽっちの領民が食べて行き、そして少ないながらも食料を輸出して金銭を得られる程度の領地。

だが私が先祖代々、いや、母マリアンヌから受け継いだ領地なのだ。

その墓地では、母の遺骸が静かに眠っている。

「私は、その執着を肯定します」

「どういう意味で肯定すると？」

「貴方《あなた》が母君、クラウディア・フォン・レッケンベルを心から愛していらしたならば」

一つ呼吸を置き。

続き、言う。

「貴女には、私の首を討ち取る権利がある」

ああ、言ってしまった。

言わずともよい台詞《せりふ》を。

「私に、ポリドロ卿を憎めと言うつもりか？」

「少なくとも、私は憎まれて当然の立場の人間だと自覚しております」

この国では誰もが私を賞賛する。

騎士の誉れであると。

亡きレッケンベル卿も喜んでいらっしゃるだろうと。

だが、果たしてそうなのだろうか。

本当にそれが正しいのだろうか。

愛する母親が殺されたのだ。

それが私の立場ならば——そんな相手、憎んで当たり前ではないか。

ニーナ嬢の心境を想《おも》う。

ヴィレンドルフの誰もが、私、ポリドロ卿を肯定する。

ヴィレンドルフの価値観は、私を、ポリドロ卿を憎む相手ではないと肯定してしまう。

母親を殺されたニーナ嬢は、たまらなかったのではないだろうか。

自分の憎しみの感情は間違ったものであると。

そう、周囲から決定されてしまった。

だが、良いのだ。

私は今まで殺してきた敵の親族に憎まれる覚悟を持って、ここに居る。

「覚悟が出来たなら、いつでも、挑んでおいでなさい。喜んで、とは申しませぬが相手を致します」

私は優しく、ニーナ嬢に語り掛けた。

ニーナ嬢は、少し沈黙した後——

「もう、いい。私のこの感情が、おそらく、憎しみという感情が」

ニーナ嬢が、未成熟のささやかな胸を押さえる。

「間違っていないと肯定されたならば、それで良い。おそらく、私とポリドロ卿が争う未来はないであろう。今回定められた10年の和平交渉は、きっと延長される」

そして、何かを静かに諦めた。

そういう表情で、言った。

「だが、ポリドロ卿。刃引きの剣でよい、殺し合いでなくともよい。いつか私が16歳を迎えたら、闘ってはくれないか。ヴァルハラから眺めている我が母上に、自分が如何《いか》に成長したかを見せたいのだ」

「承知」

私は短く答えた。

さて、ニーナ嬢と二人で話し込んでしまったが。

騎士見習い、我が従士に声を掛ける。

「マルティナ」

「マルティナの母親、カロリーヌと私は一騎討ちをした」

「何でしょうか」

「知っております」

であろう。

だが、まだお前に伝えていない事がある。

「死の間際のカロリーヌに、何か言い残す言葉があるかと私は問うた。帰って来た言葉は『マルティナ』の一言だけであった」

「……それが、どうしました」

マルティナが不機嫌そうにそっぽを向く。

「お前も、私を憎んでよいのだ」

「私は貴方に、その頭を地に擦り付けさせて、命を救われた身です。恩知らずにはなりたくありませぬ」

「あれは、お前を救いたかったのではない」

そうだ。

厳密にいえば、マルティナ個人を救いたかったのではない。

たまたま、自分の懐に窮鳥が飛び込んでしまっただけ。

戦場でもない平時で、子供の首など自分の手で斬れるはずもない、そんな前世の価値観の暴走。

相手が誰でも、同様の境遇の者を眼前にすればリーゼンロッテ女王に懇願し、助けたであろう。

「自分の酷《ひど》く歪《ゆが》んだ誉れがそうさせただけだ。だから、マルティナがそれを気にする必要はない。何度でも言う。憎んでよい。私はその覚悟の上で人を殺している」

「いつまで、その様な生き方を続けるおつもりですか」

「私が死ぬまで。恐らくは誰かに殺されるまでだ」

きっと、ベッドの上では死ねまい。

それは覚悟している。

私が欲しいのは、我が領地を受け継いで、立派な領主騎士として生きてくれる跡継ぎだ。

だから別に良い。

それさえ作れれば、人生に悔いはあれど、死んでしまっても構わないと覚悟はできる。

「ああ、それにしても嫁が欲しい」

少女二人を無視する様に、愚痴る。

いつになったら私は結婚できるのかね。

「……ポリドロ卿にも好みがおありかと思いますが、どのような女ならその身を抱かれると?」

それに反応する、ニーナ嬢の質問。

私は答える。

「純粋であれば、それでよい」

オッパイが大きければそれでよい。

処女、非処女など問わぬ。

誰を過去に愛そうが、どんなに男女経験があろうが構わぬ。

むしろ未亡人は興奮する。

「純粋?」

「そうだ。純粋だ。ああ、男女経験がという意味ではないぞ」

最後に、そのオッパイの大きい女が私の傍《そば》にいて、子を産んでくれればそれでよいのだ。

それが私の純粋という言葉の意味である。

どこまでも純粋な私の感情。

巨乳への憧憬。

それが私の恋愛定理である。

「まだ、ニーナ嬢には早いかもしれないがね」

「でもファウスト様童貞ですよね。恋愛経験ゼロですよね。そんなドヤ顔で恋愛を語られてもねえ」

マルティナの強烈なツッコミ。

事実ではあるが、そう言われても。

アンハルト王国では不人気な容姿の私が嫁を娶《めと》るには、童貞であるという貞淑さが必要なのだ。

モテないから、恋愛ができない。

そして恋愛がよく判《わか》らないから、ますますモテない。

そしてモテないから、結婚するためには童貞を必死で守らざるを得ない。

負のループである。

「私の、ヴィレンドルフ人の目から見て、ポリドロ卿《きょう》がモテないというのは正直理解しがたく、貴方が語る純粋という言葉の意味もよく判らないのですが。まあ、よしとしましょう」

コホン、と咳《せき》をつき。

ニーナ嬢は、微笑《ほほえ》んだ。

「ポリドロ卿、私は貴方を憎んでおりました。ですが、男としての価値を見出《みいだ》してないとまでは言っておりませぬ。私が16歳の時、勝負にて勝利した暁には、その肌身を私に許していただきたいものです」

「12歳のマセガキの言葉としか思えないね」

私は軽くあしらう。

私はロリコンではない。

大きいオッパイを信仰しているのだ。

つまり熱愛者なのだ。

私は良き騎士であり、勇敢な戦士であり、そしてオッパイの熱愛者であって、立派な領主騎士なのだ。

是非とも、そこのところを理解してもらいたいものだ。

だが、もしニーナ嬢が、その未成熟なオッパイが成長したのならば。

その時は相手をするにやぶさかでない。

まあ、わざと勝負に負けてやる様なマネは、騎士として死んでもせぬがね。

ファウスト・フォン・ポリドロはポリドロ領の名誉のため、無敗である必要があるのだ。

少なくとも、私の跡継ぎが産まれるまでは。

「ニーナ様、屋敷に到着しました」

馬車が止まる。

その屋敷は法衣貴族のそれとしては巨大であり、確かに第二王女親衛隊14名を招くスペースもありそうであった。

クラウディア・フォン・レッケンベルが如何に王家から重用され、愛されていたかがうかがい知れる。

正直、大臣が住むような屋敷だろうコレ。

さすがに我が領民30名は、王都の宿屋を手配してもらえるようお願いしてあるが。

「では、屋敷にお入りください」

私は先に馬車から降りたニーナ嬢に従い、マルティナを引き連れて屋敷内に入る事にした。

第41話　ヴァリエールの憂鬱

正式名称ヴァリエール・フォン・アンハルト様。

短く言うとヴァリ様は死んでいた。

ここはレッケンベル屋敷、その別邸。

親衛隊全員が入れる豪華な客室のベッドと一体化し、ヴァリ様は二度と立ち上がれなくなったのだ。

「死にたい、本気で」

ベッドに埋もれながら、ヴァリ様が呟《つぶや》く。

靴ぐらいは脱いだ方が良いと思うのだが。

「落ち着いてください、ヴァリ様、もといヴァリエール様」

「ヴァリ様って何？」

親衛隊の一人、つまり私は心の中でヴァリエール様の事を親愛の意味をこめ、ヴァリ様と呼んでいたが。

それがつい口に出てしまったようだ。

顔を突っ伏し、ベッドに埋もれたままのヴァリ様の声に応える。

「ヴァリエール様、何もそう気落ちせずとも。和平交渉は成功したわけですし」

「そうね。ファウストを犠牲にすることで成功したわね。私何もやってないわよね」

第二王女相談役、ファウスト・フォン・ポリドロ卿。

あの方は、そもそもヴァリ様に交渉能力を余り期待していない。

ヴァリ様に出来る事と出来ない事を、完全に見切っていらっしゃるのだ。

あの敵国の首脳陣が集まった満座の席で、いくらリーゼンロッテ女王陛下の亡き王配が大事に育てたバラを盗まれたからといったところでだ。

アナスタシア第一王女やアスターテ公爵なら、やりやがったあの馬鹿、と内心思いながらもスルーしたであろう。

ヴァリ様以外にあそこまで演技ではなく、本気で慌てられるものかと。

つまり、ポリドロ卿はヴァリ様を道化にしたわけであり、それを前提とした行動である。

それに対してはあまり腹が立たない。

カタリナ女王の心を溶かし、和平交渉を成立させるためには必要な行為であったからだ。

つまるところ、ポリドロ卿がどこまで予定通りに事を進めたかは尋ねなければ判らないが。

結論として、ポリドロ卿は全てを上手《うま》い事運んだ。

全ては成功したのだ。

但し。

「もう、後でお母様に怒られるとかどうでもいいわ。ファウストに全てを背負わせてしまった」

ポリドロ卿の貞操を犠牲として。

アンハルトではモテない英傑、一部の貴族からは心無い侮蔑すら受けるポリドロ卿とて、何も好き好んで見知らぬ、どうでもいい女に股を開く事を好む性癖は無いだろう。

感情が昂《たかぶ》った時こそ雄弁に喋《しゃべ》るが、普段は朴訥《ぼくとつ》で真面目一辺倒。

22歳にして未《いま》だ純潔であり童貞を守り続けるポリドロ卿だ。

敵国の女王相手とは言え、ただの種馬になるなど嫌で仕方ないだろう。

まあ、カタリナ女王の事を嫌いではなく、同じ境遇による同情位は寄せていると判断するのだが。

その程度は私の、騎士教育もマトモに受けていない第二王女親衛隊たちの知能でも理解できる。

だが、率直に言おう。

ポリドロ卿は自分の身を切り売りして、和平交渉を勝ち取った。

「これ、ひょっとしてファウストの評判が落ちるのかしら」

「ポリドロ卿の評判も落ちますが――アンハルト王家の評判も落ちます」

ザビーネの横やり。

その顔は少し青白い。

惚《ほ》れた男が、他所《よそ》の女に股を開く事になれば顔も青くなるか。

一夫多妻制の世であり、一人の男を多数の女で共有することなど珍しくもない話だ。

そこまで顔を青くしなくてもいいと思うが。

純潔が、ポリドロ卿の童貞が欲しいなら先に奪えばよい話であるし。

「まず、ポリドロ卿が心無い愚か者に笑われるのは間違いないでしょう。あの男、モテないからとついに敵国の女王に身を売り渡したぞ、と言いだす愚かな者が必ず現れます」

「……そんなバカな奴《やつ》が居るのを見かけたら、すぐに報告しなさい。その場でブチのめして殺しても王家は許すわ。それが貴女達《あなたたち》より爵位が上の相手でもね。歯が折れるまで遠慮なく顔を殴りなさい」

「言われるまでもなく」

ポリドロ卿は初陣を補佐し、ハンナの死を心から悼んでくれた戦友である。

ザビーネが答えたように、言われるまでもなくブチのめしてやる。

ポリドロ卿への侮蔑は、我らへの侮蔑も同然だ。

ヴィレンドルフ戦役を共にした第一王女親衛隊、そして公爵軍の騎士達もそうするであろう。

そしてアナスタシア第一王女も、アスターテ公爵も、そのブチのめす行為をお認めになる。

おそらくはリーゼンロッテ女王さえも。

「続き、よろしいでしょうか」

「いいわ。ファウストが今回の行為で、国のためその身を売ってくれたと思うどころか侮蔑する奴が居るって事は判る。次に、王家の評判が落ちるって？」

ヴァリ様は、顔をベッドに突っ伏したまま喋り続ける。

未だ立ち上がる元気が湧いてこないようだ。

目的である和平交渉は成立した。

しかし、ヴァリ様のダメージは大きい。

「今度はポリドロ卿を侮蔑などしていない、その救国の英傑としての功績を純粋に認めているマトモな貴族達からの評価です。ポリドロ卿が自ら進んでその身を犠牲にした部分が有るとはいえ、王家は全ての負担をポリドロ卿に押し付けてしまいました」

「そーよねー、私なんにも出来なかったもんね」

ヴァリ様への、ザビーネによる追撃。

少しは言葉を選べ、馬鹿。

ヴァリ様の身体《からだ》がズブズブと、ベッドに沈み込んでいくようにさえ見える。

「何故《なぜ》王家は何もしてあげられなかったのか。その貞操を敵国の女王に売り渡させるなど、あってよいものか。アンハルト王家は救国の英傑であるファウスト・フォン・ポリドロ卿にちゃんと報いているといえるのか。超人であるといえ、僅か300人の弱小領主騎士に、そこまで契約外の仕事を押し付けて恥を知らないのか。そういう不満が、王家と保護契約を結んでいる領主騎士、そして良識を持った法衣貴族の間に芽生えます。御恩と奉公の仕組みが成り立っておりませぬゆえ」

だから、言葉を選べザビーネ。

「……そう。そうよね」

ヴァリ様が完全に沈黙したではないか。

ピクリとも動かぬ。

もはや死体にしか見えぬ。

水死体のようにブクブクと膨れる代わりに、ベッドに沈み込んでいくヴァリ様の姿が見えた。

「私はどうすればよかったのか？」

誰に尋ねるわけでもなく、ヴァリ様が呟いた。

それは誰にも答えられない。

実際、傍《そば》にいられなかった我らにはどうしようもなかった。

ヴァリ様の御傍にいたのは親衛隊長であるザビーネのみ。

我々は、王の間の入り口でたむろするのが許されるだけであった。

お前、そこまで気づいていたならなんとかならんかったのか。

そういう視線を、我ら第二王女親衛隊13名はザビーネに集める。

それに気づいたのであろう。

ザビーネは、青白い顔を真っ赤に染め、チンパンジーのように怒鳴った。

「じゃあ、お前等《ら》ならなんとか出来たって言うのかよ！　あの交渉の主役は、カタリナ女王とポリドロ卿《きょう》、その二人だけだったんだよ。誰にも邪魔できない空間が出来上がってたんだよ!!」

そりゃまあ、そうだけれどさ。

お前の、ザビーネの緊急時にはよく回る頭と演説力は、こういう時のためにあるのじゃなかったのか。

私は考える。

我々は和平交渉を達成した。

いや、違うのだ。

ファウスト・フォン・ポリドロという英傑が和平交渉を達成したのだ。

後世にはそうとしか残らないであろう。

それはそれでよいのだが。

リーゼンロッテ女王から和平交渉の暁には、我ら第二王女親衛隊全員の一階級昇位が約束されているのだ。

何もしていない私達は、まるで立つ瀬がないぞ。

「何とかならんかったのか？」

つい、口に出してしまう。

まあザビーネから返ってくる言葉は判《わか》っているが。

「何とか出来るなら死ぬ気で立ち回ってたわ！　最初から全てのヴィレンドルフはポリドロ卿目当てで、カタリナ女王に至っては、最後にはポリドロ卿以外の全ての人間がそこらに這《は》う虫かなんかにしか見えてなかったろうさ。私達なんか最初からお呼びじゃないのにどうしろと？」

だろうな。

ザビーネは、ポリドロ卿に惚れているしな。

敵国の女王がポリドロ卿に惚れて子種を要求した時なんぞ、頭の血が沸騰したろうなあ。

むしろ、このチンパンジーが騒ぎ立てなかったのを褒めてあげるべきなのだろうか。

まあ、あれだわ。

ポリドロ卿は罪深い。

ふとそんな事を考える。

あそこまで冷血女王の心を見事に溶かし、そして母親への血を吐くような後悔の告白によりカタリナ女王を共感させ、惚れさせたのだ。

あれは罪深い男だ。

アンハルト国民としての感性を持つ、ポリドロ卿の容姿を好ましくないと感じる、話が聞こえていただけのこの私ですら惚れそうになった。

罪深い男だ、ポリドロ卿は。

あそこまでされて堕《お》ちない女が、この世にいるものだろうか。

だからだ。

「ヴァリエール様、私達はこれでも私たちなりに頑張ったほうなんですよ」

私はそんな言葉を、ヴァリ様にかける。

むしろ、あそこまでやらかしたポリドロ卿が悪くね。

カタリナ女王を惚れさせる必要って何処《どこ》かにあったの？

そんな自己弁護的解釈に陥りそうになる。

私達は和平交渉に来たのであって、魔性の男たるポリドロ卿の口説きのテクニックを見に来たわけではない。

ポリドロ卿も本来の目的、途中で忘れていなかったか。

血を吐くような後悔の告白に至っては、絶対感情的になっていて口走ったぞアレ。

絶対に計算でやったことではない。

だからこそ、魔性の男なのだろうが。

「これで、これで頑張った方」

ヴァリ様が、ムクリ、とベッドから起き上がる。

多少はダメージから回復したのであろうか。

そして私達の方をくるりと向き、問うた。

「私はどうすればファウストに報いてあげられるのかしら」

「それを今から考えましょう」

前向きにいきましょう、前向きに。

とりあえずは。

「まずは、バラの花を盗んだ件を、ポリドロ卿と一緒にリーゼンロッテ女王に謝る事でしょうね」

「それは確実よね。次。ザビーネ、貴方《あなた》の知能で何か出しなさい」

ほら、とヴァリ様が、未だにショックが収まらないのか青白い顔をしているザビーネに顔を向ける。

「ご褒美として、親衛隊長ザビーネの身体をベッドで無茶苦茶にしてもいいよと言う」

「それファウストにとって何かメリットあるの？ 全部貴方の願望じゃないの？」

なんで男が女の身体を貪る事がメリットになるのか。

死ね、ザビーネ。

ポリドロ卿は淫売ではない。

性欲の化け物なのでは決してない。

時に感情的になる憤怒の騎士ではあるが、普段は真面目で朴訥で純情な男だ。

「ちゃんと答えなさい」

「まず、今回、ポリドロ卿に約束されている和平交渉における高額の報酬金。その増額をすればポリドロ卿は喜ぶ、とは思うのですが」

「思うのですが？」

ザビーネは一つ言い辛《づら》そうに、言った。

「ファウスト・フォン・ポリドロ卿は金で貞操を売り払った。そう見る輩《やから》が多くなります」

「お金以外の何かの報酬を、王家が与える必要があるってわけね」

「そうしなければ、ポリドロ卿を優遇せねば、拙《まず》いですよ」

ザビーネは、更にもう一つ、本当に言い辛そうに言った。

「拙い、とは」

「ポリドロ卿、明確に先ほどのカタリナ女王の問いかけに不満を漏らしておりました。思い出してください」

「ああ……」

ヴァリ様の顔が青くなる。

確か、『国の英傑に、わきまえた嫁の一人も斡旋《あっせん》できぬ。ましてや英傑を国民や貴族が冷遇？　アンハルト王国はどうなっているのか』、そのカタリナ女王の問いにポリドロ卿が返した言葉は。

『私もその辺は不満が無いとまでは言えませぬが……』であった。

明らかに、ポリドロ卿はアンハルト王家に不満を抱いている。

そりゃ、ここまで契約にもない事に、こき使われていればその気持ちもわかるが。

ここで救国の英傑ポリドロ卿に、ヴィレンドルフに寝返りでもされたらアンハルト王家最大の恥である。

　歴史書に残るぞ。

「ど、どうしよう。私、今からファウストに今回の件について謝るべきかしら？」

「いえ、ポリドロ卿は、別にヴァリエール様には怒ってないと思いますが」

　そりゃヴァリ様何も悪くないものね。

　今回の和平交渉への派遣を決めたのは、アナスタシア第一王女とアスターテ公爵の二人だし。

　ポリドロ卿はヴァリ様を道化にしたし、この後盗んだバラの件についても一緒に謝ってもらうつもりだし。

　ヴァリ様の事は別に嫌ってはいないだろう。

　だが、何か。

　何か金銭以外でポリドロ卿に報いねば、本当に拙い気がするのだが。

「ここは、敵の言葉、カタリナ女王の言葉に乗じましょう。ポリドロ卿が何を求めているのかは結論が出ています」

「えーと、わきまえた嫁？　そういや私、一度ファウストにどこか貴族との縁組みをと頼まれた事あったけどさあ。ミソッカスの私に、ファウストに見合う貴族の嫁なんか用意できるわけないって断っちゃったのよね」

　大分昔の話だけれどもさ。

ヴァリ様が回想するように言い、そして頭を抱える。

「今でも、ファウストに見合う貴族の嫁なんか用意できないわよ！　私、多少はミソッカスの評判改善されたけどさあ、初陣からちょっとしか経《た》ってないし、まだ貴族のツテなんかないわよ!!」

「ヴァリエール様」

ザビーネが、ヴァリ様の前に立ち、キラリ、と歯を光らせた。

「私など、どうでしょうか」

「ああ、ファウストに申し訳なくて死にそうになるから却下で」

「何故《なぜ》！」

何故、じゃねーよ馬鹿。

ポリドロ卿が欲しがっているのは、今までの功績、そして今回の功績に見合う、外に出しても恥ずかしくない嫁だろう。

お前、どこに出しても恥ずかしい嫁じゃないか。

多分、ポリドロ卿はザビーネなんか求めていない。

ザビーネが散々、私達《たち》は両想《りょうおも》い、口説くことに成功したとかなんとかほざいていたけれどさ。

救国の英傑ポリドロ卿は、おそらくモテないがあまり、一時ザビーネなんてチンパンジーに傾いてしまっただけ。

まさか本気で惹《ひ》かれているとは思えない。

ザビーネの恋は、残念ながら片思いで終わるだろう。

「いや、本当にどーしよー」

ベッドの上から降りぬまま。

いいかげん靴ぐらいは脱いだ方がいいですよ、という声を出しそうになりながら。

その代わりの言葉を言おうとして、止《や》めた。

出そうとした言葉は。

いっそ、王位継承権を放棄して、ヴァリエール様がポリドロ卿に降嫁してはどうでしょう。

良い案かとは思ったのだが。

まさか、救国の英傑相手とはいえ、領民300名の弱小領主相手に降嫁はな。

そもそも、ヴァリ様がポリドロ卿の事をどう考えているか判らない。

そう考えて、止めておいた。

ヴァリ様がポリドロ卿を好きなら、親衛隊全員で後押しするのだがなあ。

ヴァリ様が頭を抱えて悩む姿を可愛《かわい》く思いながら、親衛隊の一人は深く深くため息を吐《つ》いた。

第42話　遊牧民族国家

レッケンベル邸の庭は広い。

政治・軍事・戦場。

三つの場において抜群の働きを示したレッケンベルには、最上の屋敷が用意されていた。

その庭は、弓の演習場まで設けられており、的までの間合いは、およそ600m。

「的まで、遠いな」

「遊牧民族のコンポジット・ボウ。その射程を上回るためには、この距離が必要なのです」

「フリューゲル。よろしく頼むぞ」

私は、レッケンベル邸まで従士長ヘルガが連れてきてくれた愛馬のフリューゲルに跨《また》がった。

そしてニーナ嬢から、彼女の母親であるクラウディア・フォン・レッケンベルが愛用した魔法のロングボウを受け取る。

「さて」

「ドローウェイトは果てしなく重いです。母上、クラウディアは、このロングボウへの魔術刻印にドローウェイトの緩和ではなく、威力と飛距離を求めました」

「で、あろうな」

私は、肘の位置まで弦を引く。

重くはない。

常人には引けない重さであろうが。

私にとっては重くない。

「引けるんですね。さすが我が母上を破った超人」

「引けるな」

私は弦を引く。

ヴィレンドルフ戦役を思い出す。

レッケンベル卿《きょう》は、確か胸元までこの弦を引いていた。

私はどこまで引けるものか、確かめてみる。

耳の位置まで。

ここまで引ける。

「ポリドロ卿?」

「一度、この耳まで引いてでの、その威力を確かめたい」

600mの距離であれば、胸元までで良いのであろう。

だが、この魔法のロングボウのポテンシャルを引き出してみたい。

何故だか、ニーナ嬢は嬉《うれ》しそうに笑って答えた。

「どうぞ」

私はフリューゲルに乗ったまま、弓矢を放つ。

その弓矢は標的目掛けて飛翔《ひしょう》し、そのまま標的の中央に当たり、そのまま標的の表に、突き刺さるのではなく貫いた。

これが敵兵相手ならば、重騎兵相手でも鎧《よろい》に風穴を開けられるであろう。

「超人は、皆同じ事ができるものですか？」

600m先。

私の視力ならば鮮明に見える標的には、同じく貫いた跡が多数存在していた。

おそらくはレッケンベル卿も、同様の事をしていたのであろう。

ニーナ嬢の問いに答える。

「練習が必要です」

止まった的ではない。

走るフリューゲルに乗馬したまま。

動標的、同じく馬に乗った遊牧民族に当てるには多少の練習が必要であろう。

そして、その場合は胸元まで引くに留《とど》めるのがベストか。

私は、実戦におけるレッケンベル卿の行動から学ぶ。

「私はカタリナ女王に、引けるものならロングボウをお貸しすると約束しました。16歳になった頃に取りに伺います」

「それまでお借りしよう。メンテナンスについても教えてくれ」

御用商人であるイングリットに、また整備を頼む品が増えた。

整備費はかかるが、致し方ない。

来年の軍役は、山賊相手ではない。

おそらく遊牧民族だ。

ヴィレンドルフとの和平交渉が成り立った今、選帝侯たるアンハルト王国にとって周辺国家など物の数ではない。

ただ唯一残った北方の脅威。

アンハルト王国は、ほぼ全力を投じて遊牧民族を捻《ひね》り潰す。

正直面倒くさいから参加したくないし、第二王女相談役としての特権を使ってだ、小さな山賊相手で軍役を済ませてもよいのだが。

「まあ、無理か」

あまりにも名が高まり過ぎた。

ファウスト・フォン・ポリドロ卿は何故この戦場におらず、小さな山賊等《など》を追いかけ回しているのか。

そう言われると面倒臭い。

何より、ヴァリエール様は第二王女親衛隊を引き連れて、遊牧民族退治に向かうであろう。

場合によってはアナスタシア第一王女やアスターテ公爵も出向くかもしれない。

出張らざるをえない。

ああ、面倒くさい。

それを考えると、敵の部族長を一撃で仕留める事を可能にするロングボウが手に入ったのは僥倖《ぎょうこう》である。

クラウディア・フォン・レッケンベルが遊牧民族相手に用いた戦術。

部族長を射貫《いぬ》き、次に弓兵を射貫く。

それを参考にさせてもらうぞ。

パルティアンショットなんぞ不可能にしてやる。

しかし、弓矢の数が欲しいな。

弓矢を多数携えた、補充が出来る騎兵が横に欲しい。

それも信頼できる相棒が。

そんな事を考えていると。

「もし、我が国にクラウディア・フォン・レッケンベル、或《あ》るいはファウスト・フォン・ポリドロがいれば」

屋敷の方から、語り掛ける様に、それでいて独り言のように言う。

「我が国が滅ぶことは無かったのでしょうか」

背の高い、そして銀髪めいた白髪の女が現れた。

それはアンハルト人でも、ヴィレンドルフ人でもない。

明らかに東方人と判《わか》る、鼻が低い、だが美しい容貌の持ち主であった。

そのバストは豊満であった。

私と彼女の視線が合う。

彼女はペコリ、と大きく頭を下げた。

その両手には、私と同じくロングボウを携えている。

その刻まれた魔術刻印も、私の持っている物と同様である。

「あれは母上の所有していた、スペアです。カタリナ女王が彼女に貸し与える様にと」

「彼女は東方から？」

「はい、遠い遠いシルクロードの先からいらしたそうです」

えへん、とニーナ嬢が未成熟な胸を張って誇らしげに語る。

曰《いわ》く、東方の武将、いわゆる我が国における騎士であった。

国が滅んだ故、放浪するようにしてシルクロードを愛馬と共に歩み、このヴィレンドルフに流れ着いた、と。

「カタリナ女王への御目通《おめどお》りが叶《かな》いまして。今では、レッケンベル家の食客としての立場を頂いております」

「ロングボウの貸与を許されるとは、要するに」

「はい。この弓で、レッケンベル卿の代わりに遊牧民族を仕留めよという事でありましょ

う」

レッケンベル卿の代わり。

それが弓矢の腕においてのみ、と仮定しても相当な実力者であろう。

「腕が見たいな」

「雪烏《ゆきがらす》」

私の声に応え、彼女が名を呼ぶ。

一瞬、何事かと思うが。

近くでしゃがんでいた白い馬が立ち上がり、こちらへと駆けてくる。

ああ、馬の名前か。

彼女が白馬に跨がり、私と同じくロングボウの弦を引く。

その動きは強烈なドローウェイトを全く感じさせず、軽やかである。

耳元まで弦を引きのばし、矢を放つ。

それは私が放った矢と同じく、標的を貫いた。

「御見事《おみごと》」

「これしか取り柄がないものですから」

「失礼。お名前を聞くのが遅れました。ご存じのようですが、私はファウスト・フォン・ポリドロと申します。貴女《あなた》の名前は？」

彼女は少しためらった後。

短く、その名前を名乗った。

「ユエ、と申します。こちらでは月という意味の名です」

「失礼ですが、家名は？」

「家名は」

彼女は少しだけ悲しそうに、何かを想《おも》い出しているかのように、唇を噛《か》みしめながら答えた。

「家名は、国が滅んだ時に捨てました。家を守れなかった故に」

「失礼。先ほども言っていらっしゃいましたが」

ニーナ嬢も、国が滅んだと言っていたな。

何故《なぜ》？

まあ、遠い遠いシルクロードの先の事などよく知らぬが。

「ぶしつけな質問をします。国が滅んだとは？」

「遊牧民族に、いえ」

ユエ殿が、少し遠い目で答える。

「遊牧国家ともいうべきものに滅ぼされました」

「遊牧国家？」

まさかな、とは思う。

この世界は、前の世界と違いがある。

子供が10人生まれたら、その内9人は女で、男は1人しか生まれない。

男女比1：9の頭悪い世界である。

私はその世界に転生した。

もし神という者がいるなら、随分と趣味の悪い事をするものだ。

そして魔法もあれば奇跡もある。

伝説にも事欠かない。

だが、この世界には、私が以前存在した前世との類似点が確かに存在するのだ。

私が住んでいるのは、中世ファンタジーじみたヨーロッパに近しい地域で。

神聖グステン帝国という、神聖ローマ帝国の真似事《まねごと》ともいえる物が存在し。

アンハルトとヴィレンドルフは、7人いる選帝侯の内の2人である。

そしてアンハルトとヴィレンドルフは、北方の遊牧民族の略奪に悩まされている。

大草原が広がる、集約農耕の展開が困難で、牧畜には適するがただそれだけ。

定住には苦しむ乾燥地帯がそこにある。

だから思うのだ。

まさかな、と。

だから、尋ねる。

「その遊牧国家とは、騎馬民族国家と解釈しても」

「騎馬民族国家。そういう呼び方もできます。遊牧騎馬民族国家。老いから若きにまで馬を巧みに操る遊牧民族集団。だが、それだけではありません。奴等《やつら》は機動戦が得意なだけではなく、城塞都市を攻略する術《すべ》を備えてきた。我々は為《な》す術もなく敗れました」

無駄な質問だった。

言い方を変えただけであり、私の聞きたいこととはずれており、だが知りたい情報は的確に返ってきた。

落ち着け、ファウスト・フォン・ポリドロ。

情報を少し得た限りで考えるに、仮に、この世界にだ。

敵と考えると、想像すらしたくないモンゴル帝国。

その真似事じみた国家が存在してもだ。

西征してくるとは限らぬし、来ても、何十年後の事。

いや、そう決めつけるのは愚かな判断だ。

私では判断できぬ。

情報が欲しいな。

私以上の知恵者に、権力者に上げるための情報が。

リーゼンロッテ女王、アナスタシア第一王女やアスターテ公爵に上げる情報が。

だが、ここでユエ殿から滅んだ国、その王朝の名を聞いたところで違う名前であろう。

かつて前世で金王朝が屈服し、モンゴル帝国がドイツ・ポーランドを攻めるまで何年かかった？

いや、それを思い出しても今世では役に立たないだろうに。

どうしたものか。

ただ、その前に一つ聞きたい。

ニーナ嬢へ尋ねる。

「これは、和平交渉成立のお祝い、つまり贈答物か？　カタリナ女王から何か指示があったか？」

「私には答えられませぬ」

その返答は、答えたも同然だ。

カタリナ女王からの、遊牧騎馬民族国家が攻めてきたときの共闘提案。

私とユエ殿を、レッケンベル邸にて引き合わせたのはその準備の前段階。

今そこまで脅威が迫ってきているかもしれない。

その情報の融通。

おそらく、私が知らないだけで神聖グステン帝国は、遠い遠いシルクロードの先の情報を手に入れているであろう。

そして選帝侯たるアンハルトにも、ヴィレンドルフにもその情報は伝わっているはずだ。

だが、滅びた王朝から武将が流れてきた事を、アンハルトは知らぬ。

脅威が真剣に伝わっておらぬ。

それを、直言できる私の立場から伝えようという事か。

そこまでは理解できる。

「ポリドロ卿《きょう》。もしアンハルトの対応に不満があれば、いつでもヴィレンドルフにおいでください。貴方《あなた》となら闘える」

ユエ殿の言葉。

アンハルトが対策にモタモタしているなら、見捨てて逃げて来いとも裏では言っている。

そうカタリナ女王は誘っている。

領地を見捨てて逃げられるはずも無いがな。

「好意だけ受け取っておきます。騎馬民族国家の話を詳しく」

「いいでしょう」

ユエ殿が、突然吹いた風に、銀色の長髪をゆるやかになびかせる。

さて、どこまで情報が得られるものか。

そして、その情報が役に立つかも判らない。

だが、全てを伝えねばならぬ。

今頃、アンハルトの権力者トップスリーは何をしていることやら。

思考を飛ばすが、もうすぐ帰還するのだ。

無意味な事は止《や》めておくことにしよう。

そんな事より、もう一人、話をここで聞いておかねばならん人間がいる。

「ヴァリエール様は？」

「別邸に案内しましたが、まだ表には出てこられないようで」

「呼んできますので、ヴァリエール様と共に是非話をお聞きしたい」

私はニーナ嬢にそう囁《ささや》く。

「あの方、何か役に立つのですか？　交渉では道化と化していらっしゃいましたが」

ニーナ嬢は、ややヴァリエール様の能力に懐疑的なようだ。

道化は私がやらせたのだ。

すまん、ヴァリエール様。

「必要です。少なくとも、一緒にリーゼンロッテ女王に報告してもらわねばなりませぬ。私は領民300名の弱小領主騎士ですよ」

私は第二王女相談役として、リーゼンロッテ女王に直言できる立場にあるが。

それはヴァリエール様の傍《そば》にいる時のみ。

ヴァリエール様がその場にいなければ、或《あ》いはリーゼンロッテ女王自らの許可が無ければ、直言はままならぬ。

「アンハルトは面倒くさいですね。だから嫌いなのです。ヴィレンドルフならばポリドロ卿ほどの武の持ち主であれば、平民であろうと王家への直言が叶いますよ」

「国の成り立ちが違うのですよ」

それぞれの国で、良いところもあれば悪いところもある。

私は超人なので、ヴィレンドルフの方が生きやすいがね。

何もかもが思う通りに行く人生というのも、それはそれでつまらん。

私はそんな事を考えながら、ニーナ殿に先導され、別邸へと三人で歩きだす。

さて、ヴァリエール様は今何をなされているか。

そんな事を考えるが。

「命令。ザビーネをリンチしなさい」

レッケンベル家別邸の庭にて。

ヴァリエール様は、親衛隊全員にザビーネ殿のリンチを命じていた。

「何が？　何が悪かったというのです？」

「アンタがファウストと結婚しろなんて訳の分からん事言うからでしょ！　しかも貴方を第二夫人にってどういう事よ」

「訳の分からない事ではありません。道理です。これは道理の下に考えた上での判断で」

一体何を話していたのか。

とりあえず、ニーナ嬢とユエ殿の目の前では、みっともないので止めようと思うが。

「その判断の結果、私はただ敬愛するヴァリエール様とポリドロ卿の三人で、ベッドの上で快楽を愉《たの》しみたかっただけなのです」

ほっとこう。

何かリンチされても当然の発言をしたらしい。

あの初陣を越えても、ザビーネ殿は未《いま》だチンパンジーのままか。

俺はザビーネの評価を、少しだけ下げたが。

ザビーネはロケットオッパイの持ち主のため、このファウストの評価は未だ甘いままであるのだ。

第43話　和平交渉成立への反応

アンハルト王城、その王城の一室にある会議室。

その巨大なテーブルの周囲には十数名の法衣貴族。

重要なこの場には選ばれた官僚貴族達《たち》が座り、私の眼前にある水晶玉の報告を見守っている。

魔法の水晶玉であり、いくつかの水晶玉を中継させて遠距離通信を果たすものであった。

その通信相手はリーゼンロッテ女王の娘、ヴァリエール第二王女ではない。

敵方である、ヴィレンドルフの軍務大臣である。

しわがれた声の、齢《よわい》は１００を超えているとさえ噂《うわさ》される老婆であった。

このリーゼンロッテにおける幼少のみぎりの記憶を覗《のぞ》けば、もう二十年以上前から老婆であったはず。

「それでは、和平交渉は無事成立したと」

「ええ、条件はきっちり守って頂きますが。念を押しておきます。条件はキッチリ守って頂きます。そして、ファウスト・フォン・ポリドロ卿に2年待っても正妻がいない場合、ちゃんとヴィレンドルフから嫁を貰《もら》って頂きます。これは『契約』ですよ」

ヴィレンドルフにとっての『契約』の二文字。

それは死より重い。

ヴィレンドルフは死んでも契約をしたことだけは重んじる。

死を以《もっ》てしても、それを違《たが》える事は許されないという文化が有る。

だから、ヴィレンドルフが契約の名を挙げた以上、この和平交渉は必ず守られるであろう。

アンハルト側がその契約を遵守する限り、ヴィレンドルフの国境線から兵を引いても、もはや何の問題もない。

それはいいのだが、問題は契約内容である。

私はアンハルトの女王として考える。

ファウスト・フォン・ポリドロは、己の貞操を切り売ることで、ヴィレンドルフからの和平交渉を勝ち得た。

それが何より問題だ。

「それでは、通信を終えます。水晶玉に与えられた魔法力も無限ではないものでして」

「ああ、契約はアンハルト王国、リーゼンロッテ女王の名にて遵守する」

通信を終える。

ポリドロ卿が身を売る事になってしまった。

アナスタシアやアスターテは激怒するであろう。

正直、私も愉快ではない。

公人としての立場からも、私人としての立場からも。

到底、愉快に聞こえる話ではない。

どうやってファウストに報いれば良い。

カタリナ女王の心を斬れとは言ったが、まさかそこまで心を摑《つか》むとは思っていなかった。

冷血女王カタリナの心の氷を見事溶かしきり、可能であれば王配にと望まれるまでに至るとは。

そこまでは予想できなかった。

私の失策だ。

「水晶玉をしまえ」

「畏《かしこ》まりました」

ポリドロ卿のフリューテッドアーマーの製作にも参加した宮廷魔法使いが、水晶玉を布で覆う。

そして、両手で大切そうにそれを持ち上げ、姿をドアの向こうに消した。

失策を後悔しても仕方ない。

これはポリドロ卿の責任ではない。

全ては正使であるヴァリエール、そして使者を命じたアナスタシア、ひいては女王である私の責任となる。

ポリドロ卿に、一方的に負担を押し付けてしまった事となる。

その貢献に報いねばならない。

だが、ファウストの嫁、その指名を誰にすればいいのだ？

ファウストがアンハルトで嫁を見つけられず、ヴィレンドルフから嫁を貰う事、それだけは死んでも許されない。

我が国が、救国の英傑であるファウスト・フォン・ポリドロにわきまえた嫁すら用意できず、ヴィレンドルフから用意された嫁を貰う。

それも、本来ならばヴィレンドルフの王配にふさわしいのだが、まあ仕方ないのでアンハルトに配慮して許してやるという扱いで。

繰り返すが、それだけは死んでも許されないのだ。

アンハルト王国の恥そのものである。

「良かったではないですか」

横から飛ぶ声。

若い女の声であった。

確か、新顔。

そう、家督相続のため先日謁見し、それを認めた女である。

「これで、我が国は何の損失も無く和平交渉を成立させました。いやー、何より」

アホか、お前は。

何の損失もなく？

成立しなかったよりは遥《はる》かに良い。

だが、損失は多大だ。

何度も言うが、ファウストに全てを押し付けてしまった。

王家が、その全ての負担を救国の英傑であると同時に、たかだか300名の弱小領主騎士に過ぎぬファウストに押し付けた。

良識ある法衣貴族なれば当然として、王家と契約を結んでいる諸侯もそう見る。

その不信をどうやってカバーするのだ。

今後、どうファウストに報いてやるつもりなのか。

全員が注視している。

これぐらいはチンパンジー、もとい第二王女親衛隊でも判《わか》る事であろう。

お前は何を言っているのだ。

いや、そもそもコイツ……

「ファウスト・フォン・ポリドロも良くやってくれたものです。まあ、あの醜い姿の男はヴィレンドルフでは人気者です。彼も幸せではないですかな」

その場にいる、その新顔を除く官僚貴族の全員が眉を顰《ひそ》めた。

真正のアホなのか、コイツは。

親から家督相続の際に、王城に上がる前に何も聞かされていないのか。

いや、聞かされずとも、家督相続者の長女とあれば知っているべき事であろう。

ポリドロ卿《きょう》は、アナスタシア第一王女やアスターテ公爵の愛人に内定している事を。

その二人から恋慕を寄せられている事を知っているべきであり、よほどの鈍い女でなければ容易に理解できる事だ。

少なくとも、この重要な場にいることが許される官僚貴族であるならば。

それぐらいは承知していて当然の事。

いや、そもそもだ。

何故《なぜ》、今回の和平交渉にて功を成したポリドロ卿の事をそこまで侮蔑できる。

醜い姿の男だと。

この女、ポリドロ卿を醜い姿の男だと確かに言ったぞ。

いや、確か、お前の親は、お前がここに顔を並べていられる家督相続の理由はそもそも
……

全員が呆《あき》れかえる中で。

私は速やかに女王として、本日この場で何をすべきかを理解した。

「お前の親は、本来ヴィレンドルフの交渉役であったな。そしてお前は、代わりに和平交渉に立ったポリドロ卿の事を醜い姿の男と呼んだ」

微笑《ほほえ》みながらポリドロ卿を醜い姿の男と呼んだ女に声を掛けた。

その場にいる貴族の全員が顔を引きつらせる。

壁際に立っていた女王親衛隊は、すでに王命を受けるまでもなく、女の背後に立ってい

る。

　いや、王命はすでに成されている。

　このリーゼンロッテの微笑みという形によって。

「はい、それが何か。良かったではないですか、あの醜い姿の男と引き換えに和平交渉が成り立ったならば。あの筋骨隆々の姿、全くもって――」

「それが何か？　それが何かと？　それも、もう一度」

　私の微笑みが、より深みを見せる。

　普段、あまり表情を変える事が無いのが私である。

　この表情を崩して慌てさせたことなど、最近ではポリドロ卿が頭を地に擦り付けた助命嘆願事件くらい。

　私の笑みの意味を、この場にいる官僚貴族達は理解しているはずだ。

　このリーゼンロッテの笑みとは、

「もう一度、醜い姿の男と言ったな」

　怒りの表現である。

　真に激怒した場合のみ、それが表情に顕著に表れる。

　アンハルト王宮への登城権を持つ者であれば、それが何より恐ろしい事態であることを理解しているはずだ。

　私は意図的に、時にはひたすら感情的に、こうして女王としての務めを果たしてきた。

理解していないのは、

「な、なにを！」

女王親衛隊の二人に両手を押さえつけられ、顔面をテーブルに叩《たた》きつけられた新顔の女のみ。

今回のために新調したのであろう女の礼服に、鼻血が飛び散った。

「これが我が国の現状か。法衣貴族、官僚貴族ですら新顔はこの始末。救国の英傑ファウスト・フォン・ポリドロの功績を認めず、その容姿のみで心の底から侮蔑し、その他国への身売りをよかったよかったと手を叩いて笑う始末」

私の微笑みが、どんどん深くなる。

女王親衛隊は、その意味を十二分に理解していた。

18年前の初陣の頃から共にした、間柄である。

親衛隊は、女の顔をテーブルに何度も叩きつけた。

悲鳴が女の口から上がる。

「口を閉じさせよ。耳障りだ」

「はっ」

親衛隊が、テーブルクロスを口に押し込む。

そして女の顔を、テーブルに叩きつける作業を再開した。

私は微笑んだままに、同じテーブルに座る周囲の官僚貴族を見渡した。

その視線は一巡した後、ピタリと一人の貴族の顔で止まる。

どういうことだ？

私は言葉ではなく、その視線のみで問うた。

貴族は答えた。

とばっちりだ、という心の悲鳴が聞こえた気がしたが無視する。

「その女は新顔ゆえ、アナスタシア第一王女やアスターテ公爵からの好意がポリドロ卿に向いている事を理解しておらず」

「理解していないのも問題だが、それだけではないだろう」

「はっ、私の記憶が確かならばですが。この新顔がこの場にいる理由は、この者の母親がヴィレンドルフとの和平交渉失敗の責を取り、家督相続が行われたゆえに」

そうであろう。

この新顔風情が、この重要な場に席を与えられた理由はただ一つ。

母親が失敗してしまった交渉の、その顚末《てんまつ》を見届けたいであろうという配慮からであった。

自分の母親が失敗した事に、ポリドロ卿が身売りしてくれて、ああよかった、これで何もかも解決だと？

何ほざいてやがんだコイツは。

まずは手放しでポリドロ卿を褒め称《たた》え、それに報いるための報酬を、と私に陳情しても可笑《おか》しくないところだ。

それを醜い姿の男呼ばわりだと？

真剣に頭がイカレてやがるのか？

私の心は、この微笑みの表情とは反対に荒れていた。

「尋ねよう。全員に尋ねよう。若い世代のポリドロ卿への侮蔑は、この様に酷《ひど》いものなのか？　それとも、私が配下に期待しすぎなのか？　それほどまでに皆、愚か者揃《ぞろ》いなのか？　おのれらには、ここで雁首《がんくび》並べて生きている資格は必要なかったのか？」

「違います！——いえ、違います。我が家では、ポリドロ卿をヴィレンドルフから国を守った救国の英傑であると、娘たちにも、しかと教えております。もし娘がポリドロ卿を侮辱するようなら、その場で首を刎《は》ねて頂いても女王陛下を御恨《おうら》みしませぬ。いえ、私が女王陛下よりも先に率先して刎ねましょう！」

「では、何故このような状況が起こるのか」

これは真剣な話なのだぞ。

嘘誤魔化《うそごまか》しは許さぬ。

微笑むことで、その威圧を続ける。

「しかし、しかしながら——でありますが。その新顔のように、何故あのような醜い姿の男が英傑などと、侮蔑する声も少なからずあるのも事実」

「それは法衣貴族のみか？」

「で、あろうかと。アンハルトと領地保護契約を結んでいる封建領主の全員は、ポリドロ卿の扱いに不服を持っているものと……」

不服を持たれた方が、この様な愚か者が目の前でうろつくより、まだマシだ。

親衛隊に、視線をくれる。

テーブルに、顔を叩きつける音が止《や》んだ。

テーブルクロスには鮮血が飛び散っており、砕けた歯の破片なども散らばっている。

「コイツの母親は有能であったのか？」

「間違いなく。アナスタシア第一王女からヴィレンドルフ相手の交渉役にも選ばれた、交渉も武芸も出来る見事な女で御座いました。和平交渉失敗の責を自ら申し出て、役目を果たせぬ恥から家督相続を行った事からも明らかであると」

「では、単純にこの新顔が母の言葉も理解できぬほど愚かなだけか。家ごと潰してやろうとも思ったが。この顔をもはや見たくない。連れ出せ」

顔を鮮血で真っ赤に染め、痛みで気絶した女が親衛隊の二人に担ぎ上げられる。

「改めて家督を相続し直すように言っておけ。その愚かな女の顔は二度と見たくないと言葉を添えてな。次があれば、お前の家族は今日中に焼け出されて、家人まるごと消えて無くなると教えてやれ」

「承知しました」

親衛隊が、ドアの向こう側に去る中で。

私はその場の全員に告げる。

微笑みは未《いま》だ消えることが無い。

「再度、ポリドロ卿の扱いを救国の英傑であり、今回の和平交渉の立て役者であることを周知徹底させよ。次に侮辱した者はいかなる縁筋の侍童であろうと、その場で首を刎ねて良い」

「承知しました」

その場にいる貴族全員が震えた。

まさか、自分の身内にあのような愚か者はおるまいが。

念には念を入れて、親族、寄子を含めて徹底させねばならぬ。

巻き添えで家が潰れるのは御免だ。

そのような恐怖が伝わってきており、とりあえず現状における行動は正しかった。

私は微笑みを抑えて、いつもの鉄面皮に戻る。

「しかし、リーゼンロッテ女王」

「何だ」

一人の貴族が、忠言でもするかのように言葉を差し挟む。

年老いた、重鎮の一人であった。

「ポリドロ卿への報酬を如何《いかが》致しましょう。もはや生半可な報酬では、諸侯も、法衣貴族も、マトモな知性を持つ者こそが納得しかねます。木っ端貴族の娘をポリドロ卿の嫁にあてがうのは、もはや許されませぬ。ポリドロ卿自身の感情もあります」

「わかっている」

ここからは切り替えていかねばならぬ。

まずは最初に思いつくのが、だ。

「ヴァリエール」

その名をポツリ、口に出す。

誰でも、それこそどんな馬鹿でも、最初に考え付く事だ。

ヴァリエールに王位継承権を放棄させることは元々からの既定路線。

僧院に入れたがっている第一王女派もいるようだが、それは私もアナスタシアも、もはやしたくない。

ヴァリエールは可愛《かわい》い娘で、アナスタシアも妹であることを自覚したようだ。

王領から小さな領地を切り取り与え、そこで静かに余生を送ってもらうつもりであった。

たまに子供の顔でも見せに来てくれれば良い。

それでいいはずだった。

「よいお考えです」

年老いた貴族が、私のポツリと呟《つぶや》いた一言に反応し、全てを理解する。

ヴァリエールをポリドロ卿に降嫁させる。

ファウストに『嫁入り』する形にて、ヴァリエール・フォン・ポリドロ卿としての新たな人生を送ってもらう。

しかしだ。

アナスタシアとアスターテがそれで納得するかどうかは疑問である。

それにだ。

低身分の貴族が王家に取り入った。

その見方が強まる。

アナスタシアとアスターテの愛人としての当初計画にも、大分無理があるのだ。

ファウスト・フォン・ポリドロとはヴィレンドルフ戦役における救国の英傑である。

だからこそゴリ押しで、アナスタシアが女王を継いだ後でも、愛人ならばギリギリいけると考えたのであって。

今回、更にヴィレンドルフの和平交渉で国家への功績を挙げたとはいえ、王家からの降嫁は無理がありすぎないだろうか。

正直、悩む。

それより何より。

「ヴァリエールだけにはやりたくないな」

「は？」

「何でもない」

ヴァリエールは可愛い娘だ。

可愛い娘であるが、私と亡き夫、ロベルトがベッドにて仲良く寝ようとする中で。

幼い頃はベッドに忍び込んできて、ロベルトにしがみ付いて寝ていた子だ。

私は嫉妬した。

可愛い娘であろうとも、私ではなく何でお前がしがみついて寝ているのかと。

そして、ポリドロ卿《きょう》はロベルトに似ている。

二度も奪われるのか。

「発言を訂正する。少し、考えさせてくれ」

まあいい、今決める必要はない。

何より、ヴァリエールの意思も考えなければならん。

それにファウストの意思も確かめねば。

先祖代々続いた血統に王家の血を入れ、ファウストにとっては愛《いと》しい亡き母であるマリアンヌ時代に断たれてしまった貴族世界との縁故を取り戻す。

そのメリットを考慮すれば、断るとは思えんのだが。

一応な、一応。

そう自分に言い訳をしながら、リーゼンロッテ女王は結論を先延ばしにした。

第44話　仮想モンゴル

レッケンベル邸。

その庭に血痕が地面に僅かに残されたのを無視して、ガーデンテーブルに着席するのは4名。

私ことファウスト、ヴァリエール様、ユエ殿、そしてニーナ嬢。

ハンカチで血は拭いたものの、顔が打撲傷で膨らんだままのザビーネを背後に立たせながらにして、ヴァリエール殿下は聞いた。

「再度確認するけど、その遊牧騎馬民族国家とやらは本当に西征してくるの？」

「あの、未だ名も決まっておらぬ国家の欲望は果てしなく、我が王朝を滅ぼしただけでは満足に足りないでしょう」

「貴女《あなた》の仕えた王朝を滅ぼし、それを征服することで欲が満たされるという事は？」

ヴァリエール殿下が、冷静に答える。

私、ファウストは母マリアンヌからの騎士教育は受けたが、得られたのは超人騎士としての力と、300名足らずの地方領主としての軍術と統治のそれ。

王族としての高等教育を受けた、ヴァリエール様の知識にはこの世界で届かぬ。

ヴァリエール殿下が、言を繋《つな》げる。

「かつて、複合弓と優れた馬術による伝統的な騎乗弓射戦術を用いて覇権を築いた民族は過去にもいた」

前世で言う、フン族がこの世界にも存在したのであろうか。

「確かに人間の形をしてはいるが、野獣の獰猛《どうもう》さをもって生きている者たちだ。その再臨だとでも？」

ヴァリエール様は、思考を続けながら茶のお代わりをザビーネに要求する。

その態度は威風堂々としている。

この王族としての高等教育の点ばかりは、私を上回る。

その知識に、自信をもって臨んでいるのだ。

いつもこうだと、第二王女相談役として有難いのだが。

凡人姫と呼ばれども、決して無能ではないのだ、無能では。

まあ、カタリナ女王の前で道化にした私の言ってよい台詞《せりふ》ではないかもしれぬが。

「私はその西国の事を良く知りませぬ。しかし、少なくとも、それよりも最悪と言えましょう」

ユエ殿が答える。

その顔は苦渋に満ちていた。

「知性は持つのです。そうでなければ、高原を統一できたりなどしませぬ」

「高原を統一？　まだ、アンハルトとヴィレンドルフの北方で略奪を繰り広げている遊牧民族は統一されていないわ」

「ヴィレンドルフの近隣地帯では我が母が族滅させせましたよ。また雑草のようにどこから
ともなく生えてくるでしょうが。脆弱《ぜいじゃく》なアンハルトと一緒にしないでいただきたい」

ニーナ嬢の苦言。

彼女にとって、母親クラウディア・フォン・レッケンベルが略奪に勤《いそ》しむ北方の遊牧民
族を幾つも族滅させたのは誇りの一つなのであろう。

「悪かったわ」

だから、ヴァリエール様も反論はしない。

事実、その通りであるし。

「続き、よろしいでしょうか？」

ユエ殿が、場の空気を切り裂くようにして発言する。

「よろしく頼むわ。高原を統一したと発言されましたけど、アンハルトの北方の遊牧民族
とはまた違うの？」

「違います。シルクロードの東の東、滅びた我が王朝の北にある大草原。その高原を統一
したのです。彼女は」

ユエ殿が、顔を両手で押さえる。

私もそれを聞いてモンゴルを想起させ、頭を押さえたくなるが辛うじてそれを堪《こら》える。

「我が国の歴史も、思い起こせば北方の遊牧民族の略奪に苦しんだ歴史でした。ですが、

それが纏《まと》まるとは思っていなかった。水場の争いで永遠に殺し合い、豪雪、低温、強風、飼料枯渇、ありとあらゆる艱難辛苦《かんなんしんく》に遭い、この世でもあの世でも地獄に落ちている遊牧民族。そのように思っていたのです。如何《いか》にあの者たちが強くあれど、土地環境ばかりはどうにもならない」

文化とはなんぞや？

突然であるが、脳裏にその言葉が思い浮かぶ。

前世のドイツ語では「耕す」という意味も持つこの言葉。

突き詰めれば、皆の腹を満たす食料をどうやって得るか、に繋がると私は考える。

領民300名足らずの領地の支配者であり、その腹をどうやって満たすか常に考えている私なりの考え。

ようするに、弱小領主の暴論そのものではあると理解しているが。

言語、宗教、音楽、料理、絵画、哲学、文学、ファッション、法律。

その全ては規律を保ち、秩序を守り、各々の責任を果たす。

肉体的に、精神的に飢えを満たすためのもの。

そうではないのかと考える。

では、食料に飢え、水にまで飢え、家畜の乳で喉を潤す遊牧民族の文化とは何ぞや。

農耕民族以上の絶対的強さが最たる特徴である。

全てはそこに帰結する。

純粋なまでにそれを追い求める。

農耕民族から略奪し、それで腹を満たす。

少なくとも、この世界の遊牧民族の略奪とは、生存競争のそれそのものである。

失敗は冬での飢え死に、凍死、部族同士の掠奪《りゃくだつ》であり共食いを意味する。

だから、ファウスト・フォン・ポリドロという西方農耕民族である一人の弱小領主には、遊牧民族が恐ろしかった。

前世では到底理解できなかった恐怖である。

「しかし、彼女達《たち》は纏まった。一人の超人の出現によって」

ユエ殿は、目を閉じて答える。

名もなき遊牧騎馬民族国家。

遊牧民族の王、彼女の中ではその国の名は既に出来上がっているのだろう。

だが、我らはその名を東洋の王朝が滅んだ状況になっても未《いま》だ知らぬ。

ごり。

自分の手がガーデンテーブルをこすり、武骨な音を立てる。

前世でのモンゴル帝国は、略奪王チンギス・カアン。

一人の超英傑ユニットの出現によってもたらされた。

この世界も同様であろう。

超人と魔法と奇跡。

前世とこの世界との相違点。
それが何をもたらす？
仮に、略奪王チンギス・カアンが超人だとして。
いや、アイツ前世でも超人だった気がする。
人類史上最高の種馬説があった気が。
いや、それは副産物であって、主要な議題ではない。
考え直せファウスト・フォン・ポリドロ。
何か前世から有益な知識は無い物か。
「名をトクトア。称号と合わせてトクトア・カアン」
やっぱりモンゴルかよ。
カアンの名を聞いた瞬間に、私の背筋に冷たいものが走った。
勘弁してくれ。
「カン」ならまだよいが、「カアン」だけは駄目だ。
明らかにモンゴル帝国の最高指導者しか名乗らない名前じゃないか！
頭を抱えてそう呻《うめ》きたくなるが、それは出来ない。
アンハルトの英傑として、ポリドロ領の面子《メンツ》を守る領主騎士としてそれは許されぬ。
辛うじて堪える。
私がアナスタシア第一王女から頂いたフリューテッドアーマー、最後の騎士鎧《よろい》とも呼ばれる『それ』が完成したのは、前世では16世紀初頭。

もうモンゴル帝国は内部分裂で解体に向かっている時期だろうに。

何故《なぜ》今頃になって現れる？

遊牧民族の族滅を果たしたクラウディア・フォン・レッケンベルといい、私といい。

今世紀は超人の当たり年か？

これは不遜な考えではないと思う。

なれば、私のする事は何か。

何が出来るか、それを必死になって考える。

その思考を無視する様に、ユエ殿はヴァリエール様に語り掛ける。

「彼女は略奪者でありましたが、明らかに今までのそれとは違いました。今までのように単純な略奪を行うに留《とど》まる事はありませんでした。情報戦さえ仕掛けてきたのです。事前に都市に超人、それがいるかの把握。敵情視察、調略。私の下にも、トクトア・カアンの使者が訪ね、私を勧誘することがありました。私はその使者の勧誘を断り、丁重に返しましたが。今思えば、その場で首を刎《は》ねればよかった」

だから、お願いだからユエ殿。

私のモンゴル帝国知識と、この今世での現実を一致させようとするのは止《や》めてくれ。

ニーナ嬢の、横やりが入る。

「ユエ殿、貴女が指揮する軍隊ですらも負けたのですか？　私にはそれがとても信じられません」

「私は負けておりませぬ。私が住んでいた都市での局地戦では勝ちました。我が弓矢で、一昼夜に及び何百という相手を射貫《いぬ》き殺しました。奴《やつ》らは素直に撤退しました」

さすがに超人だ。

で、それで何で負けた？

理由は想像がつくが。

「ですが、敵対されなければ、どうしようもありませんでした。トクトア・カアン率いる遊牧民族は、私のような超人が位置する都市を無視し、麻の如《ごと》く土地を割いて侵略してきました」

局地戦で勝てないなら、他に行く。

全体で勝てばよい。

なるほど、理屈だ。

「城塞都市、それは機動性が武器の遊牧民族に絶対の楯《たて》となり立ち塞がってきました。我ら農耕の民を守ってきました。だが、トクトア・カアンには通じませんでした。城塞都市を攻略する術《すべ》を備えてきた」

「それは？　遊牧民族が城塞都市を攻略する術など持つわけないでしょう？」

ヴァリエール様が当たり前の疑問を呈する。

当然そう思うだろう。

私も、前世の知識が無ければそう思うよ。

「裏切り者が居たのです」

ユエ殿が、ガーデンテーブルを力強く叩《たた》いた。

居るんだろうなあ、どの世界にも。

「私の属していた国の名前、フェイロンと言いますが。ああ、この国でも伝説にある飛龍、天空を雄飛する龍という意味です」

飛龍、この世界だと一匹ぐらいホントにいる可能性があるな。

中世ファンタジーだし。

まあ、生涯にこの眼《め》で目撃する機会はないであろうが。

「フェイロンの技師が、トクトア・カアンの勧誘に応じ、引き抜かれました。投石機技師の中にはフェイロンだけではなく、更にパールサと呼ばれる他国の技師もいたようです」

まんまペルシアじゃねえかボケ。

トレビュシェットが使われているのだろうか。

想像は悪夢の域に達している。

神聖グステン王国に、何かこれに対抗する、私などのように武力に偏った超人ではなく、知力に偏った超人は産まれていないだろうか。

助けてアルキメデス。

私は前世での古代超人数学者に、頭の中で助けを求めた。

神は答えを何も返してくれなかった。

もし、私をこの狂った世界に転生させた神がいるものならば。

少しぐらいサービスしてくれてもいいんじゃないのか。

お前、神なんだから罰が当たるもんじゃないだろう。

そう思う。

「一か月の攻防が行われましたが。城塞は砕かれ、逃げ惑う市民は捕縛され、男は縛られた妻の目の前で犯され、男も女も殺されました。市民は一方的に虐殺されました。王家は屈服したものの、王族に連なる全てが殺されました。そうして、王朝が滅びました」

まあ殺すわな。

後々面倒になる王族だけでなく、特に意味もなく、戦に関係ない市民も一人残らず皆殺し。

虐殺は遊牧騎馬民族のみならず、国家が国家を滅ぼすときの常套手段《じょうとうしゅだん》である。

さほど惨酷ともいえぬ。

「私が居住していた都市も、王家の屈服と共に降伏しました。私はその屈服と同時に、都市から逃れました。何百もの敵を殺した私を生かすとは、とても思えなかったので。特に目立った装飾をしていた敵方の将軍は狙って殺しましたし」

ユエ殿、やはり弓の腕は尋常じゃないか。

敵方の将軍を狙って殺せる者はそうおらぬ。

「最初は我が家の親族全員を逃がそうとしました。ですが、もはや都市が敵軍に覆われ、全員が逃れられる状況ではありませんでした。親族一同が告げました。我々は最後まで闘う、死ぬまで抵抗する。だが、お前は我が一族の英傑だ。お前だけなら逃げ出せる。我ら一族の血を絶やさぬために生きてくれと、そう皆が」

ユエ殿がテーブルに置いた手。

その手が、もはや堪え切れなくなったかのように、力強く握りしめられて叩きつけられる。

超人の力で、ガーデンテーブルが音を立てて軋《きし》んだ。

「私は親族一同を見捨てて、トクトア・カアンが包み囲んだ都市から、命からがら逃げ出しました。愛馬の雪烏《ゆきがらす》がいなければ、それすらできなかったでしょうが」

よく逃げ出せたものだ。

いや、この超人に国から与えられた愛馬の脚力には、騎馬民族といえども追いつけなかったのか。

「シルクロード、その道は未だに少数の商人が行き来していました。そして、旅すがら商人から聞きました。西洋には、たとえ東方人でも力量さえ示せるならば軍事階級に昇り詰められる国があるぞと」

それがヴィレンドルフか。

「長い長い旅路でした。そして辿《たど》り着き、この弓の腕を国の衛兵に見せ、やがて審査を経てカタリナ女王への御目通《おめどお》りが叶《かな》いました。そして、遊牧騎馬民族国家の脅威を訴えました」

良くやってくれたもんだと思う。

そうでなければ、少なくとも領民300名足らずの弱小領主騎士、このファウスト・フォン・ポリドロの耳には情報が入らなかった。

リーゼンロッテ女王は、脅威を各地方領主に伝えるのではなく、伝えずに民心を安定させることを優先したであろうしな。

まあ、賢い御方《おかた》だ。

何の手も打たない、という事はなかったと思うが。

「アンハルト王国ヴァリエール第二王女殿下。どうか、貴女《あなた》からも、アンハルト王国にその脅威をお伝えください。やがて奴等《やつら》はやって来ます。国の財産、市民の命、その略奪のために」

「話は分かったわ」

ヴァリエール様が頷《うなず》く。

そして、私の方を見た。

「ユエ殿の話、それをそのまま率直にお母様に伝えるつもりだけど、ファウストはどう思う?」

「それが正解です。私も口添えします」

「ファウストが？　貴方《あなた》、国の政治には口を挟みたがらないじゃない」
状況が許さないんだよ。
本音では政治になんか参加したくないよ。
だが、本当に判《わか》らん。
悩み悩んだが、遊牧騎馬民族国家が西征してくるのか？
してこないのか？
それすら判断が及ばぬ。
前世と今世は類似点がある、だが全く同じではない。
不用意な発言をするわけにはいかん。
だが、備えは絶対に必要なのだ。
「必要とあらば、この命を擲《なげう》ち、遊牧騎馬民族国家に立ち向かう所存」
「そこまで？」
そこまでなんだよ。
この世界、ヨーロッパという概念すらまだない西方国家群。
封建制度が未《いま》だまかり通る、中央集権化も未成熟の国家。
それを固めねば、遊牧騎馬民族国家には絶対勝てない。
最低でも、アンハルトとヴィレンドルフの連帯だけは強固にしておかなければ。
いや、それだけでは全然足りねえんだけどさあ。

我が領地が、ポリドロ領の領民が、遊牧騎馬民族国家に踏み散らされ、歴史の露と果てるのだけは避けたい。

我が母の墓地が騎馬に踏み荒らされ、歴史の波に流されて判らなくなってしまう事、それだけは許されないのだ。

このファウスト・フォン・ポリドロは、ただ弱小領主としての立場から、そして転生者としての立場から。

仮想モンゴルが、西征してくることを恐れていた。

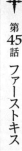

第45話　ファーストキス

ヴィレンドルフ王城、王の間にて。

私は膝を折り、カタリナ女王に礼を行う。

「もう帰ってしまうのか？　まだよいではないか。和平交渉の内容は通信機を連携させ、すでにアンハルト王国に届けてあるのだぞ？」

カタリナ女王の言葉。

正直、ゆっくりしたい気もしているのだが。

「領民を早く領地に帰してあげたいですし。それに、例の件が」

アンタがプレゼントとして寄越《よこ》した爆弾を、一刻も早くリーゼンロッテ女王にぶん投げたいんだよ。

どうせユエ殿の件は話していないだろ。

神聖グステン帝国からシルクロードの先の先、その王朝が滅びたぐらいの情報はアンハルト王国にも伝わっていても、その脅威まで伝わっているとはどうしても思えん。

領民300名の弱小領主騎士の手には余る情報だ。

「したい話は山ほどある。お前がどのように育ったか、どのように生きて来たのか。それを知りたい。同時に私の事も知ってもらいたい。私がどのように育ったか、どのように生きて来たのか。それは罪か？」

カタリナ女王が、何かを強請《ねだ》る猫のように、首を横にコトンと揺らす。

王の間には強いダマスク香が漂っている。

大量のバラの花が王の間に飾られているからだ。

帰ると昨日告げたばかりなのに、これだけのバラを集められるとは。

さすが選帝侯、財力が違う。

というか、アンハルト王国より中央集権的なんだよなあ、ヴィレンドルフ。

その分、王家に諸侯たちが求める力の要求も強いが。

どうでもいい事を考える。

そんなことよりも、カタリナ女王の言葉に回答せねばなるまい。

「私も是非、カタリナ女王陛下の人生と、私の人生を共有したいところです。しかし、我が国にとって危急の事態なれば。直接、リーゼンロッテ女王と話をしなければなりませぬ。貴女も悪いのですよ、カタリナ女王」

「ユエの話か。正直に言ってしまおう、ファウスト・フォン・ポリドロ。私はお前を粗雑に扱う愚かなるアンハルトが、状況を知ったところで対応を練るとは思っておらぬ。ヴィレンドルフでは、私達《たち》なりの考えをすでに神聖グステン帝国に伝え、もしもの際の救援要請もしてあるがね」

「カタリナ女王陛下、それでも」

それでも足りぬのだ、カタリナ女王。

貴女が有能で、すでにやるべきことをやっているのも理解できる。

だが、甘い。

「それでも足りぬ、と申し上げます。ヴィレンドルフとアンハルトが連帯して立ち向かい、神聖グステン帝国の救援があってもまだ足りませぬ」

「国家存亡の危急の事態となれば、ヴィレンドルフは2万の軍を編制できる。アンハルトも同様であろう。その4万に神聖グステン帝国の救援を加える。それでも？」

「足りませぬ。非才なる私の予想では、になりますが」

情報が足りぬ。

何故《なぜ》、神は私に武力だけを与え、知恵の果実は与えてはくれなかった。

ヴィレンドルフもアンハルトも、そりゃやろうと思えば合わせて4万の兵を動員できるであろう。

農兵を無理やり動員すれば、それ以上の数だって可能だ。

だが、その兵は優れた兵と劣った兵が混在した物となる。

いくら将が有能でも、兵の劣質は連携を乱す。

対して、仮想モンゴルの兵は戦闘経験の豊かな騎馬民族の兵だ。

何より、機動力が違い過ぎる。

平地では勝負にならぬ。

機動力を発揮できぬ、森や沼地に誘い込まなければ。

だが、大軍にての会戦により勝負を決し、それも市民に被害を出さずとなれば、どうしても平野での勝負になる。

思い出せ。

前世の知識を絞り出すように、頭を押さえる。

前世でのヨーロッパの敗北、ワールシュタットの簡素な顚末《てんまつ》だけはよく覚えている。

当時、ヨーロッパにおける騎士の戦術は敵の中心への猛攻撃だった。

モンゴルはその突撃を見事にいなし、偽装撤退させた両翼の軽装騎兵による騎射、要するに殺し間、疑似十字砲火と呼ぶべき陣形を平地にて成立させ、ドイツ・ポーランド連合軍を混乱に陥れた。

後は騎士団の背後に煙幕を焚《た》いて、後方の歩兵と分断させる。

そしてモンゴルの重装騎兵が混乱した兵を撃ち破り、ハイ、おしまい。

要約すれば、実に簡単な内容だからな。

よく覚えている。

そんなモンゴル最強のパターンが完全に入った展開で死ぬのは御免だ。

この世界には魔法・奇跡・伝説の類はあれど、仮想モンゴル戦を覆す何かのキーが今現在そこには見えない。

なれば。

「何もかもが足りませぬ。遊牧騎馬民族のパルティアンショット、少数なれば対応できましょう。クラウディア・フォン・レッケンベル殿が北方の遊牧民族を族滅に追いやったように。ですが」

「敵も同数となれば、超人数人が戦場を左右するには至らぬ、か」

「はい。無論、超人は必要でありますが」

超人数人が戦況を覆せるレベルの戦ではないのだ。

数万単位が激突する大戦となる。

今、何が足らぬ？

急拵《ごしら》えの数万の軍勢を纏《まと》め上げるだけの、強烈なカリスマ持ちの指導者か？

今までの戦争の概念を覆すだけの、相手にこの戦法を採る事など予測もさせないような戦術を繰り出す戦術家か？

指揮官の数人が戦場で倒れても、その代理がすぐに成り代わり戦場で混乱しない連携システム？

或《ある》いは決して途切れることの無い兵站《へいたん》？

それとも多彩な戦術を可能にする兵科の種類？

トクトア・カアンは全てを持っている。

仮想モンゴルであれば全てを備えている。

今の、このファウスト・フォン・ポリドロの身には何一つ持っていないものだ。

私には、先祖代々のグレートソードと、レッケンベル家から借り受けたロングボウ。

そして母から産み落とされ育てられた、この超人の身体《からだ》と。

守るべき領民３００名と、その弱い立場。

ただそれだけだ。

それだけで、モンゴルに立ち向かう事を考えなければならない。

もちろん無謀だ。

だから、とりあえず上に脅威を伝える。

それが今、最優先にすべきことだ。

「帰ります。帰ってこの脅威を伝えます」

「そうか。私もお前の言葉はよく受け止める。考えることにしよう。お前の御用商人、名は何といったか」

「イングリットです。イングリット商会」

イングリット商会。

今回、ファウスト・フォン・ポリドロの御用商人として、金看板を得たとはしゃいでいた。

冷血女王カタリナの、その「心を溶かすバラ」の運搬を立派に務めたのだ。

アンハルト王宮からの盗品ではあるが。

和平の約定が続く限りは、大手を振ってヴィレンドルフで商売できるであろう。

まあ、その程度の恩恵はあってしかるべきだろうな。

「今後の連絡はイングリット商会に頼むことにしよう。アイツは信用できるのであろうな」

「先代以前の頃からの付き合い故、間違いなく」

「お前もユエから聞いたであろうが、トクトア・カアンは情報調略が上手《うま》い。おそらく私よりもよほどに」

カタリナ女王は手で自らの顎を撫《な》ぜながら、言う。

「まず間違いなく、シルクロードの商人からこちらの情報を得ているであろう。パールサの商人は特に怪しい」

「でしょうな」

ペルシア人やアラブ人などのイスラム教徒。

そのイスラム商人が、モンゴル帝国の隆盛には関わっている。

なんならカトリックも普通に関わっていた。

結局人間なんて、自分を優遇してくれるなら帰属先は何処《どこ》でもいいのだ。

「かといって、流通を止める事も出来ぬ。ならば、私も情報を盗む」

「カタリナ女王が？」

私は訝《いぶか》し気《げ》な顔をする。

そうしてくれればありがたいが。

「シルクロードとの商人の流通は無いがな。人は流れてくる。ユエのような人間が何人も流れてくる。トクトア・カアンへの復讐《ふくしゅう》、それだけを誓った連中がな」

「それが内通者という可能性もあります。人選にはお気を付けを」

それぐらい、カタリナ女王なら見抜けそうだがな。

後、今も横にいる軍務大臣を務める老婆にも。

「私がそれを見抜けぬと思うか？　どちらかと言えば、アンハルト王国を疑え」

「我が国のリーゼンロッテ女王も、アナスタシア第一王女も英明な君主であります」

「それは疑っておらぬ。私は、お前を、英傑を軽んじるその配下どもが内通者にならぬか疑っておる。馬鹿はどこまでも馬鹿だから馬鹿なのだ」

至極名言である。

何の技術も持たぬ内通者をトクトア・カアンが戦後、優遇するとはとても思えぬが。

馬鹿はどこまでも馬鹿だから馬鹿なのだ。

「気を付けろ、ファウスト・フォン・ポリドロ」

「承知しました」

馬鹿は斬ろう。

忠告するどころか、逆に忠告されてしまったな。

アンハルト王国に内通者がいる心配を、今からしなければならない。

「それでは、最後の儀式としようか？」

「儀式？」

「何、和平交渉の契約。2年後に支払われるそれの前払いだ」

カタリナ女王は僅かに顔を染め、手をちょいちょい、と猫のようにこちらに手招きした。

「？」

私は懐疑の面持ちで、失礼、と一声上げて立ち上がる。

前払いとは何ぞや。

「私に口づけせよ、ファウスト・フォン・ポリドロ」

「何故？」

「私がやってみたいからだ」

カタリナ女王は正直であった。

ストレート剛速球、猫まっしぐらであった。

どうも、この人の行動はちょくちょく猫らしさを感じさせる。

姿形はムチムチボインの美女なのだが。

「私はファーストキスがまだなのですが」

「私もだ。お互い初めてで丁度良いではないか」

はて、困った。

前世でもキスの記憶が無い。

私は恋愛糞雑魚《くそざこ》ナメクジであった。

「キスのやり方が判《わか》りませぬ。歯が当たるかもしれませぬが」

「歯ぐらいひっこめろ馬鹿。家族とキス位しなかったのか。私は子供の頃、レッケンベルに頬に毎日されてたが」

「母親から、頬に数度。それだけは覚えております」

歩み寄る。

誰も止めぬ。

私は前に居たヴァリエール様と、その横で何か物凄《ものすご》く渋い顔をしているザビーネ殿を通り過ぎ。

ぴたり、と玉座の前、カタリナ女王の前で立ち止まった。

それを見て、カタリナ女王が立ち上がり、こちらに歩み寄る。

「これは契約だ。ファウスト・フォン・ポリドロ。2年後は私の腹に、必ずやお前の子を生《な》せ」

「努力します」

それは嫌じゃないんだよな。

嫌じゃあないんだよ。

私はオッパイ星人である。

オッパイの熱狂者である。

カタリナ女王はオッパイが大きい、つまり正義である。

ゆえに、嫌では決してないのだ。
問題はだ。
恋愛糞雑魚ナメクジの私が、キス一発でカタリナ女王にノックアウトされないかだ。
惚《ほ》れてしまうかもしれない。
カタリナ女王とのこれは、恋愛ではなく。
同じ傷を持ち合う者同士の、傷の舐《な》め合いのようなもので。
決して愛情ではないはずだが。
「一分待ったぞ」
「まだ、心の準備が」
「もう待てぬ。しゃがめ。お前の背は高い」
私は身長2m以上のその巨軀《きょく》を、地面に近づけるべくしゃがみこむ。
そして、カタリナ女王から口に接吻《せっぷん》を受けた。
ファーストキスである。
お互い、やり方など判らぬ。
舌が、絡み合う。
触手のように、ああ、これがキスという物なのかと。
初めて理解したように、口内で舌を絡み合わせる。
生暖かい鼻息が顔に触れ、カタリナ女王の瞳と目が合う。

瞳が美しい。

そう心から思った。

お互い、言葉は無い。

数分、経《た》ったろうか。

やがて、カタリナ女王の方から顔を離した。

「頭がくらくらする」

こちらもだ。

カタリナ女王の顔は真っ赤に染まっているが、こちらも同様であろう。

良く考えれば、ここは官僚貴族や諸侯が集まる満座の席であった。

勢いでやってしまったが、これで良かったのであろうか。

いや、それより何よりも。

私はやはり恋愛糞雑魚ナメクジである。

カタリナ女王に情を感じてしまった。

キスひとつで、愛を感じてしまった。

元より契約を裏切るつもりは無いが、これで何が有っても彼女を、カタリナを裏切れない。

「契約の前払いは果たされた！　これにて真なるアンハルト・ヴィレンドルフの和平交渉成立とする！」

ヴィレンドルフの老婆、軍務大臣が声を張り上げる。

老婆らしくない、大声で歓喜にはしゃいだ声であった。

雰囲気と余韻が台無しだ。

私は口の表面を拭う。

口の中に、カタリナ女王の唾液が残る。

だが、不快ではない。

キスとは、本当に奇妙なものだ。

どしゃりと、誰かが崩れる音がする。

突然の音に振り向くと、何故《なぜ》かザビーネ殿が泣きながら地面にくずおれていた。

ここはヴィレンドルフの王の間だぞ。

カタリナ女王に失礼ではないか。

まあ、誰も気にしていないようだが。

「ファウスト、来年だぞ。来年。必ず顔を出しに来い。手紙も毎月出すように。私も出すからな」

玉座に座り直し、カタリナ女王が顔を赤く染めたまま告げる。

「承知」

私はそれに短く答えた。

カタリナ女王に背を向け、王の間の赤い絨毯《じゅうたん》を踏みしめ、ザビーネ殿が死んだように倒れオロオロと動揺しているヴァリエール様を残念に思いながら。

ザビーネ殿を担ぎ上げ、王の間からの退室を試みる。

「ファウスト・フォン・ポリドロ」

背後から、声が掛かった。

カタリナ女王の声だ。

「嫉妬深い、憐《あわ》れな女と思われるのは嫌だ。だから、そのまま振り向かず行ってくれ。これが本当に最後の言葉だ。また会おう、ファウスト」

「ええ、カタリナ様。またお会いしましょう」

私は振り向かない。

カタリナ女王の言葉があったからではない。

振り向いたら、もう一度キスしたくなってしまうような気がしたからだ。

一歩一歩、赤い絨毯を踏みしめながら、隣に歩くヴァリエール様と一緒に。

そのまま、ヴィレンドルフを後にした。

外伝　ある小領主の死

地獄に落ちても構わないと、そのように思って生きてきた。

めっきり手の脂が足りなくなってしまった。

カサカサの手を空に伸ばし、考えるのだ。

もうすぐ、私は死ぬだろう。

元より弱く、すぐに病にかかってしまう身体《からだ》であった。

あまり長生きは出来ないだろうと考えていたし、事実その通りであった。

齢《よわい》35にして私は死ぬだろう。

良く持った方だ。

何も、後悔などない。

好きなように生きてきた我が身には。

「悪い事ばかりしてきたわ」

ポリドロ領は、このマリアンヌ・フォン・ポリドロが生きてきた領地は小さな村にすぎない。

領民僅か300名ばかりが住んでおり、最近はようやく食料を輸出するなどして、他から金銭を得られるようになった。

裕福とはとても言えない、貧しい土地であった。

何、最近はマシである。

誰もがちゃんと腹を満たせるようになった。

私の若い頃など、本当に貧しかった。

ああ、ファウストが産まれた時もそうであった。

村長がご機嫌の調子で村の食糧庫を開け放ち、誰もが喜んでいたが。

子供たちなどはファウストが産まれた事を喜んでいるのか、満腹になるまで腹を満たせることを喜んでいるのか。

どちらか判らないような有様であったと思う。

まあ、子供にそんな判断を求めても仕方ないのだが。

もう20年も昔のことになる。

ファウストは20歳になるのだから。

「嗚呼《ああ》」

寝台で、半身をゆっくりと起こそうと試みる。

だが、無理だった。

身体に力など、もはや入らぬ。

仕方なく、細い手を挙げる。

ヘルガに代替わりを済ませた、かつての従士長が、半身を起こしてくれた。

「外が見たい」
続けて木製の鎧戸《よろいど》を開けてもらった。
光は、まぶしい。
少し小高い丘に作られた領主館からは、領地内の畑が見えた。
黄金色の麦畑。
豊かだ。
豊かになった。
もはや、領民が空腹に怯《おび》えることなどなくなった。
私が生涯をかけて成した、少しばかりの成果の一つである。
視界が、ぼやける。
目が潤んだからではない。
単純に、もう死が近いのだ。
「御免なさい、何も見えなくなってきたわ」
私は死ぬだろう。
もう死ぬだろう。
生と死の垣根は、もはや、あやふやであるように思えた。
すっと、足を踏み入れるようにして、この意識は何処《どこ》か遠くへ飛散するように思えた。
「マリアンヌ様！　ファウスト様をすぐにお呼びします!!」

「まだ部屋に入れないで」
このまま、死んでしまっても良い。
そう思う。
私はファウストに、もはや顔を合わせぬ方が良いのではないかと。
そう思うのだ。
このまま遺体を棺桶《かんおけ》に放り込み、埋めてしまってよい。
ファウストとて、私の顔など見たくもないだろうし。
合わせる顔もないのだ。
少なくとも、この思考が終わるまでは、顔を合わせたくない。
私には贖罪《しょくざい》が足らぬ。
たとえ地獄に落ちるとしても、もう死ぬとしても、せめて後悔しなければ。
我が子に死に際、顔を合わせる事すら出来ぬのだ。
「もういいわ。戻して」
手も、もう上がらない。
鎧戸は開いたままだが、半身がゆっくりと寝台に戻る。
眠いな。
もう終わりだろう。
だが、まだ思考は続いている。

夫が亡くなったのは、ファウストが5歳の頃だった。
本当に困った。
夫は金銭交換で売られてきた立場であるものの、本当に良い人だった。
私を愛してくれたし、その事実だけで私も愛することが出来た。
だが、どうしてもファウスト以外の子が生まれなかった。
夫の身体が弱いせいか、私の身体が弱いせいか、どちらか判《わか》らぬ。
何にせよ、子が生まれず、夫は肺病で亡くなってしまった。
本当に困った。
娘がいなければ、このポリドロ領を継ぐ者がいなくなる。
男の領主など世の中にほぼおらず、少なくとも私は聞いたことが無い。
長女無くして、領地の存続は無いのだ。
だから、本当に困った。
村長や従士長は状況が分かっていたし、何度も何度も嘆願しに来た。
次の夫を迎え入れてくれと。
何もかも正しい。
それは貴族の義務だ。
だが、私はそれを受け入れなかった。
地獄に落ちる理由の一つ目なのだ。

「ファウスト、剣をとれ」

「はい」

最初は気晴らしだった。

身を守る術《すべ》くらいは必要だろうと、ファウストに小さな木剣を握らせて。

そんな、この幼い息子との付き合いがどうにも判らぬ私が、遊びの一つとしてやろうと企《たくら》んだものだ。

ファウストは、意気揚々として挑んできた。

この幼さでは両手で木剣を持ったところで、持ち上げるのが精々であろう。

そのような私の予想を裏切り、片手でぶん、と木剣を勢いよく振るのだ。

私は目を剝《む》いた。

「待て！　ファウスト!!」

「油断した母上が悪いのですよ！」

どうにかあしらおうとして、思い切り肋骨《ろっこつ》に一撃を食らった。

ファウストは5歳児だ。

病弱とはいえ、まだ騎士としての能力には不足ないと自負していた20歳の私が負けた。

もちろん私が油断しきっていたといえ、もう負けた事には文句が無い。

戦場だとあれで死んでいた。

その時、私は理解した。

超人と呼べる存在は、この世にそうはいない。

あんなものは領地の代替わり、引き継ぎの際にお会いした当時のアンハルト女王陛下リーゼンロッテ、それぐらいしか目にしたことが無いし、それとて実力は目にしたことが無い。

だが、いるのだ。

加減を知らずに一撃くれた事を何とも思わずに、勝ったと大喜びするファウスト。

私はと言えば肋骨にヒビが入ったような激痛を味わい、地面に片膝つきながらも。

なんとか気合いで、褒め称《たた》えた。

「よくやったわ、ファウスト」

辛うじて痛みに耐え、笑顔でいられたと思う。

私はあの時本当に嬉《うれ》しかったのだ。

この病弱な私と、死んでしまった夫との一人息子。

その子は、紛れもなく天才だった。

それが間違いだった。

もちろん、ファウストが悪い点は何一つない。

私が間違えたのだ。

「御免なさいね。私はきっと、何もかも間違えた」

謝罪の言葉を吐く。

私のベッド傍《そば》に立っている、かつて戦場を共にした従士長。

そして領地経営を共にした村長。

その両者に謝る。

「マリアンヌ様。ファウスト様は、立派に軍役を果たしていらっしゃいます。マリアンヌ様が育て上げられたファウスト様が率いる事になって以後、軍役による死者は出ておりません」

「領地経営とて、領民は満足しております。ファウスト様の能力は、全てマリアンヌ様の薫陶があってこそ。まして、マリアンヌ様は我々領民が飢えぬように、農地を整えてくれたではないですか」

二人は慰めの言葉をくれるが、やはり間違えたのだ。

当時、誰もが反対した。

当たり前だ。

繰り返すが、男の領主など世の中にほぼおらず、少なくとも私は聞いたことが無い。

それをやろうというのだ。

たった一人の子、ファウストが天才だから、この子に全てを任せようというのだ。

何を馬鹿なことを。

何もかもが言い訳にすぎない。

お前が、新しい夫を取りたくなかっただけではないか。

全て、自分の身勝手を、男のファウストに押し付けた。
この子は天才だから、自分の全てをこの子にあげたいと、自分の感情を押し付けた。
「――」
死にたくなる。
いや、もうすぐ死ねるか。
そう、地獄に落ちることが許される。
一つ目の懺悔《ざんげ》は終わった。
貴族として、領民に貴族の義務を果たさなかったことへの懺悔。
地獄に落ちる理由、二つ目を考える。
やはり、先祖代々で少しずつ少しずつ重ねてきたポリドロ領への信頼。
それを失ってしまったことだろう。
もはや、ポリドロ領の事など誰も相手にせぬ。
息子に剣術を仕込んで痛めつける、『気狂いマリアンヌ』の悪名は誰もが知っている。
領地内なればよい。
領地経営をしっかりと行い、軍役もしっかりとこなし、文句は出ぬようにしてきた。
だが、貴族関係はそうはいかぬ。
どう贔屓目《ひいきめ》にみても、私の行動は狂気としか言えない。
誰がこのような私に付き合いたいというのか。

貴族として縁を結びたいというのか。

軍役で各地に出向くたびに、王家から与えられた通行券を封建領主に見せるたびに、誰もが嫌な顔をする。

これが『気狂いマリアンヌ』かと。

貴族ゆえに表立って口には出さねど、その侮辱は視線で理解できるのだ。

裏で笑われているのは理解できた。

私が侮辱されるのはどうでもよい。

当然のことだ。

だが、先祖が侮辱を受けるのは辛《つら》かった。

まして、この貴族関係は私が死んで終わりとはいかぬ。

ファウストの時代も続いてしまうのだ。

親の罪は子の罪であり、代が切り替わったらと、安易に全てを取り消しにすることなど出来ぬ。

貴族社会では代替わりだけで許されることと、許されぬことがあるのだ。

あの気狂いの子がこれかと、侮辱されることは避けられなかった。

血を。

喉から凝固した血の塊のようなものが、上がってくるのを感じる。

吐くのではなく、飲み込む。

この苦しさなど、自分への罰としか思えなかった。

二つ目の懺悔が終わる。

貴族として、先祖が積み重ねてきたものを失ってしまった事。

それをファウストに引き継がせてしまうことへの懺悔。

「マリアンヌ様。もはや私は耐えられません。今すぐ、ファウスト様をお呼びしますので、どうか、それまでお待ちを……」

かつての従士長が、震える声を振り絞る。

そうして、部屋から退室しようとする。

止めよ。

そう声を上げたいが、どうも声が上がらぬ。

卑怯《ひきょう》未練《みれん》なのかもしれない。

私は、おそらく心の何処《どこ》かで、最後死ぬまでにファウストに会いたいと思っている。

そのような権利はないのに。

もう、自分には時間が無い。

私は贖罪しなければならない。

地獄に落ちる理由、三つ目を考える。

ファウストにしてしまったことの全てだ。

「母上」

私の子。

アンハルトの一般的男子と違い、黒髪を短く刈りあげている。

赤い眼は、鋭いというよりどことなく優しさを感じさせる。

顔立ちは夫ではなく私に似ており、少し嬉しかった。

だが、身体《からだ》つきは夫にも私にも似ていない。

あまりにも大きいのだ。

身長は2mを超えていたし、体重は130kgを超えている。

全てが私のせいではないだろう。

超人として生まれつきの素質もあったのだろう。

だが、産んだのは紛れもなくこの私であるし、このような筋骨隆々の体格に育て上げてしまったのは、間違いなく私のせいだ。

厳しく鍛え上げたのだ。

誰にも負けないよう、それこそアンハルト最強の騎士であれるように。

剣技や槍術《そうじゅつ》を仕込み続けた。

何もかもが足らぬ領土で書物を集め、信頼のおける教会の宗派に教養を強請《ねだ》り、少しでも足らぬものを埋めようとした。

それら全てを水のように吸収し、1を知れば100を知るようで、間違いなくファウストは私の傑作だった。

もはや、誰の手にも届かぬ強さに、その手を届かせたのだ。

私の全てを与えたのだ。

だから、もう誰にも負けない。

負けないだけだ、馬鹿が！

そのような事が、ファウストにとって何の幸せになるというのだ！

お前は、このマリアンヌは、何を考えてそのような事をした。

私にとっては、この子以上の男など、この世の何処を探してもいないと言い切れる。

だが、このアンハルトという国では、醜い容姿をした男のそれでしかない。

領民300名とはいえ小領主、なんとか貴族の三女をもらうぐらいはできるかもしれないが。

私のせいで貴族関係は終わっているし、ましてファウストは強い。

自分より強い男を好む女など、そうはいない。

私はファウストが完成したときに、そのような当たり前の事にやっと頭が及んだのだ。

ファウストが、私の寝台の横に立つ。

その身体にはよく見ればうっすらと、私が昔に刃引きの剣で斬った痕すらあるのだ。

私は。

私は、どうしようもない愚か者だった。

私がすべきだったのは、ファウストのためにすべきことは。

長女を産み、少しでも良い婚姻が結べるように貴族関係を強固にし、ファウストを男としてキチンと育てる。

そんな貴族として当たり前の事だったのだ。

槍《やり》を握らせ、剣術を学ばせて。

息子の肌身に刃傷だらけの跡を残すことではなかった。

三つ目の懺悔を終える。

この三つを考えれば、私が地獄に落ちるのは当然と言えた。

まだ、探せばあるだろうか。

もう時間は許されない。

「ファウスト」

名を呼ぶ。

どうしようもなく、この子の名前を呼びたくなった。

そうすると、ファウストは私の顔を、優しく撫《な》でるのだ。

ゴツゴツとした、剣ダコと槍ダコでいっぱいの、優しく大きな手。

「ファウスト。手を」

ファウストが、その手を私の胸元にやる。

私はそっと、その手を両の手で握りしめた。

震えが止まらないが、これは私の物だけではない。

ファウストも震えているのだ。

私はそれを抑えるようにして、何か。

何か言おうとして、もう、私のせいで無茶苦茶に荒れてしまっている手が、男の手とは呼べないそれが悲しくて、小さく呟《つぶや》いた。

「御免なさい、ファウスト」

ようやく謝罪をした。

私は今まで、間違いを認める事すらできなかった。

この子には、もっと良い未来があった。

何もかも私が台無しにした。

それを理解した。

もう、謝罪することだけしか、私には許されない。

どのような罵りを受けても、当たり前の結果であった。

「――」

ひい、と。

引き攣《つ》る様な、赤子のような。

嗚呼《ああ》、この声は一度聞いた事が有る。

ファウストが産まれた時に、聞いたことがある泣き声だった。

めっきり脂が足りなくなってしまった手に、雫《しずく》が垂れる。

目はもう見えない。

だが、理解できた。

ファウストが泣いている。

赤子のようにファウストが泣いて、私の手に涙をこぼしているのだ。

なんだ。

私のために泣いてくれるのか、この子は。

あんなにも酷《ひど》いことをしたのに。

一度では、足らない。

もう一度謝らないと。

「――」

口を開くが、もう何も声は出てこない。

私は。

私は。

この子のためなら、地獄に落ちても構わない。

この子が死に際、私の手に涙一粒零《こぼ》したという事実だけで、私は笑って地獄に落ちることができる。

それすら不相応なのだ。

ただ、この子だけは幸せになってくれますように！

この子、ファウスト・フォン・ポリドロは誓って、自分の正義や騎士道に逆らうような
ことはしないのですから。

悪魔のような私と違って、失敗だらけの私と違って、本当に良い子なのです。

だから、神様、どうか、この子を――。

意識は、小さくなって、途絶えた。

外伝　カタリナIF グッドエンド

このファウストが、初めて接吻《せっぷん》を交わした相手はヴィレンドルフ女王、イナ＝カタリナ・マリア・ヴィレンドルフに他ならぬ。

本心本音で愛してしまったのは、あの時和平交渉のために出会った敵国の女王であるのだ。

ヴィレンドルフとの和平交渉を見事成し遂げた報酬として、リーゼンロッテ女王陛下が私に多額の報酬金を払ってくださったことは、本当に感謝している。

やがて王位を継いだアナスタシア様、またアスターテ公爵は領地への支援に尽くしてくれたし、少なくとも私が今まで必死に貢献してきたことへの甲斐《かい》はあったといえよう。

それは、感謝しているのだ。

このファウストは母への愛ゆえに、領地領民がために全身全霊を注ぐと誓っているし、アンハルト王国を裏切るつもりなど毛頭ない。

だが、しかしだ。

それでも、私の心はヴィレンドルフの女王に傾いた。

「ファウスト、お前の声が聴きたい。お前の舌を舐《な》めたい。お前の肌身が恋しい。お前にずっと傍《そば》にいてほしいのだ。この冷血女はもはや、お前の身体の熱を感じずには生きておれぬのだ。あのレッケンベルとお前が、カタリナという空洞でできた彫像に、愛に煮えたぎった鉛鉄を流し込んでしまったのだ。その責任をとってもらいたい」

毎月のようにして、カタリナからの直球かつ情熱的な手紙を受け取るときは、こちらもそれなりの返信をせねばならぬのだが。

恥ずかしいことに、この私は女性に手紙を貰《もら》うことも、それに返信するのも初めてであり、それについての技能などない。

なれど、カタリナが本気で私に想《おも》いを抱いてくれているのは理解できた。

ならばせめてカタリナに不快な思いをさせないようにと、必死になって自分の拙い儀礼作法や、文学的叙情などを尽くして返信を行い、手紙に手紙を重ねる内に。

こちらも段々と本気になってしまった。

ラブレターを書くという行為は一種の魔法のようなもので。

人を人に惚《ほ》れさせるための契約書に近い悪魔の行為である。

「……道ならぬ恋に落ちてしまった。いや、本当にそうか？」

別に、それで騎士として何かが悪いということではない。

主従契約を結んでいるアンハルト王家の仮想敵国であるヴィレンドルフの女王、カタリナと親しいことが別に悪いわけではない。

主君と騎士の主従契約は何も『忠臣は二君に仕えず』などといった堅苦しいものでもないし、もっと言えば複数の国家において爵位を持っている騎士など何処《どこ》にでもいる。

優秀な主君を探して各国を放浪することは、騎士にとって悪ではない。

一生涯において二君に仕えぬどころか、二つの国家に帰属して、二人の主君を同時に持つ領主とて珍しくはない。

場合によればその者が両者の戦に加担せず、交渉役として仲を取り持つこともある。

だから、ポリドロ家領主ファウストが、アンハルト女王リーゼンロッテ、ヴィレンドルフ女王カタリナの両者に主従契約を結んだところで別に罪ではない。

法衣でも官僚でもない騎士に対し、国家に対する忠誠など期待するほうが間違っている。

封建領主が一番大事なのは自分の領地であり、その他の全ては利益関係にすぎない。

それを責める者など、常識を知らぬ見当違いの阿呆《あほう》だけである。

「……彼女は、私と正式な婚姻を結ばなくても、納得していると言ってくれたが」

この世界では男女の関係でさえ、何の問題もないことは理解している。

貞操価値は逆転しており、男は女性にとって共有されるものであるからだ。

多数の女性に抱かれることが許されているのはもちろん、そもそもヴィレンドルフとの和平交渉では私という超人の良血を、カタリナとの子供にもたらすのが条件であった。

何一つ後ろ指を指される理由はない。

両王家の血族に婚姻を望まれているのであれば、純粋に喜ぶべきであり、何一つとして誰かがポリドロ家を批難するはずもない。

批難すれば両王家に殺されるからだ。

「ゆえに、何一つ問題がないことはわかっている。世間的に『これまでは』となるが。さすがに正式に婚約してしまっては、ヴィレンドルフ側に偏ることになる」

わかっている。

わかっているのだが。

お互いの立場を、心境を、愛情を文に綴《つづ》りて、互いに思慕を重ねることで。

ついに、私の心が「ときめいて」しまったことだけが問題である。

アンハルト王国に義理はある。

なれど、もはや私がアンハルト側についてヴィレンドルフに対し、カタリナに刃を向けることは生涯ないであろう。

もうはっきり言ってしまおう。

私はイナ＝カタリナ・マリア・ヴィレンドルフという女性を心の底から愛しているのだ。

あの瞳に骨の髄まで溶かされて、吸い込まれてしまったのだ。

だから、私はカタリナに正式に婚姻を申し込もうと考えているのだ。

アンハルトとの主従契約を破棄こそしないが、明確にカタリナの王配としてヴィレンドルフに肩入れしてもいいと考えている。

王族の証《あかし》である、絹の糸のような赤髪。

酷く人形的な――ピグマリオンのような。

ギリシア神話に出てきた、象牙で作られた女の像のように美しい肌に。

容姿はもちろん、彼女がついに手にした『バラのつぼみ』に、クラウディア・フォン・レッケンベルという女傑が注いだ愛情を手にしたことで、童のように泣き出した彼女に。

私は心を摑《つか》まれてしまったのだ。

この私が心に抱いた女性への愛情という名の光は、彼女からもたらされてしまった。

カタリナ以外の誰でもなかったのだ。

「私は今後どうすべきか、それだけが問題だ」

愛した人が他にできたからと、アンハルトを裏切るのは嫌だった。

だが、アンハルトとて私に不義理を働いたのだから、これは裏切りではないとも言えた。

ああ、そうだ。

アンハルト王国は、私に正式な婚約者を未《いま》だに用意できないではないか。

「そうだ、これは裏切りではない。結局のところ、アンハルトが私に婚約者を用意できなかったのは明確な侮辱である」

自分に言い聞かせるように呟く。

私のカタリナが以前に述べたではないか。

『国の英傑に、わきまえた嫁の一人も斡旋《あっせん》できぬ。ましてや英傑を国民や貴族が冷遇？アンハルト王国はどうなっているのか。正直疑問に思うぞ』と。

ああ、そうだ。

そうなのだ、アンハルト王国は結局、私への婚約者を用意などしてくれなかった。

もちろん、リーゼンロッテ女王陛下が何もしてくれなかったなどは有り得ず、ちゃんと婚約者を斡旋してくれようとしたのは間違いない。

なれど、結局この身長2m体重130kgの筋骨隆々とした醜い男騎士との縁談は見つからなかったのだ。

それこそ、地位の高いアンハルト貴族ほどに、ファウスト・フォン・ポリドロと婚姻を結ぶことを拒んだのだ。

理由はわかっている。

ポリドロ家と下手に縁を結べば、どんな災厄を招くかわからぬからだ。

一度婚約という縁を結んでしまえば、この私の環境に巻き込まれることを避けられぬ。

私に代わって貧乏な領民300名に過ぎぬ辺境領の領主として働いていかねばならぬ、この程度ならまだ希望者もおるだろうが、状況はそれを許さぬ。

まだ予断を許さぬ休戦状態にあるアンハルトとヴィレンドルフとの板挟みになり、それこそ私の妻としてカタリナとも相談をせねばならぬし、逆に言えばリーゼンロッテ女王陛下やアナスタシア殿下が一度呼べば戦に参陣して、アンハルトへの忠誠も揺るがぬことを世間に誇示せねばならぬ。

貧乏生活に、地獄みたいな蝙蝠《こうもり》ごっこを演じて、更には私のような醜男が夫となるのだ。

アンハルト貴族の婚姻契約において最も性質が悪い現実は、一度結婚すれば事実上の離婚すら許されず、一族まるごとを縁つなぎで巻き込むことになることだ。

貴族の結婚とは、男と女の結婚ではない。

リーゼンロッテ女王陛下との話し合いにおいて明確に交わした婚約を破棄するなど論外であり、連座や縁座により親族や主従関係者まるごと巻き込む一大事業である。

当人同士が惚れ合ったなら良いではないかと阿呆な戯言《たわごと》を差し込む余地はない。

親どころか親族、氏族はもちろん使用人の庭師にすら囁《ささや》き程度の発言権があるのだ。

その婚姻が原因で王族の不興を買えば、一族はおろか主従契約を結んだ使用人まで巻き込んで皆殺しなのだから当然だ。

いざ結婚という段階で私の顔を見つめて「このような醜男との結婚は嫌だ。この婚姻を取りやめたい」などと婚姻を覆したならばアンハルト王家への侮辱行為であり、逆に王家がそれを許したならばポリドロ家への侮辱行為である。

婚約の場で『我が家に不釣り合いの相手だった』とでも言いたげに家を舐められたのならば、貴族として相手を殺さねばならぬ。

両家のどちらかが死なねばならぬ。

幸い、どちらも乗り気でなかった場合でさえも、面子《メンツ》を保つためにまあ何人か死ぬ小競り合いは発生するだろう。

ゆえに、私に嫁いでも良いという婚約者など——娘を宥《なだ》めすかして無理やりに私へ嫁がせようという貴族はアンハルトに現れなかったのだ。

だから、だから、だからだ。

「……」

リーゼンロッテ女王陛下には感謝している。

最後の最後まで、ちゃんと私の良い面を皆の前で褒め称《たた》えて、慰めの言葉を贈って。

最後には「なんなら私と再婚しようか。私はお前となら否とは言わんぞ」などと冗談まで口にしてくれたのだ。

私はアナスタシア殿下の怒りを買ってまで、玉座にて醜い罵り合いや殴り合いをしてまで、そのような慰めの冗談を口にしてくれたあの人を嫌いになれない。

だから、リーゼンロッテ女王陛下を裏切り、アンハルトとの主従契約を解除する気など毛頭ない。

だが、だがだ。

「……結局、アンハルト王国が私への婚約者を斡旋などしてくれなかった、リーゼンロッテ女王陛下がファウスト・フォン・ポリドロにふさわしい婚約者を用意してくれなかった事実には変わりがない」

なれば、このファウストが少々ヴィレンドルフに偏っても仕方ないではないか。

リーゼンロッテ女王陛下を納得させる理由は揃《そろ》っている。

少し、気は重たいが。

そうだ、そうしようとも。

私はイナ＝カタリナ・マリア・ヴィレンドルフの正式な王配となることを、本日この場で決意したのだ。

※

あれから五年が経《た》った。

ヴィレンドルフの王宮にて、愛するカタリナから詰問を受ける。

彼女の容貌は齢《よわい》27を超えることで、妖艶さは出会った当時よりも増している。

「ファウスト、少し聞きたいことがある」

咎《とが》めるような声だった。

私は懊悩《おうのう》しながら答えた。

「何だい、愛するカタリナ？」

「いくらなんでも、お前多淫すぎるだろ。多淫の言葉の意味は分かるか？　性的欲望が盛んなこと。淫事が過ぎることだ」

言われると思ったのだ。

思っていたのだが、実際に愛する女性にそれを咎められるというのは辛《つら》い。

言われても仕方ないとは思っているのだが。

「お前は私に告白をして、正式なヴィレンドルフ王族の王配となってくれた。それは私にとって格別に良いことであり、リーゼンロッテの奴《やつ》も納得したのだから今更文句なども言ってこない。そうだ。現状は私にとって誠に喜ばしいし、別に不満などない」

　あれから私は王配として、ヴィレンドルフの民、貴族から万歳の言葉とともに満場一致にて迎えられた。

　ポリドロ領はちゃんと運営しており、ヴィレンドルフから優れた代官なども派遣される
ようになったので、正直私が運営する時などより発展していた。

　まだポリドロ家の跡継ぎ問題は残っているが、まあすでにカタリナと仲睦《むつ》まじく暮らし
ている間にヴィレンドルフを継いでくれる子供も生まれたのだ。

　この先、次女三女と生まれる可能性は少なくないだろう。

　その内の誰かが相続してくれればよく、これもまた何の問題もない。

「問題は、お前も把握していることだろう。ヴィレンドルフでの行動だ。愛していると私
に言ってくれたはずだ。世界で一番、このカタリナを愛してくれていると言ったはずだ。

私はこう返した。他の誰に抱かれようと、誰を好きになろうと、最後に死ぬとき私の傍《そば》に
いて手を握ってくれればそれで私は良いと」

　そうだ。

　私はカタリナを愛している。

　すでに、クラウディアという一人娘も生まれているのだ。

　いつか彼女がヴィレンドルフを継いで、ティアラを頭に被《かぶ》る日も来るだろう。

「お前は私を愛してくれた。もうこれほどまでにないぐらい愛してくれている。それはあ

の寝屋では何一つ文句などでないくらいに熱量の籠もった奉仕を受けることで、ちゃんと知っているんだ。私はお前を心底愛しているんだ」

カタリナ。

私は短く妻の名を呟《つぶや》いて、そこまで言うならば今からでもベッドに。

出来れば、怒られるのは嫌だからそうしてほしいのだと。

そう誘うが。

「それはそれとして、私の妹であるニーナ・フォン・レッケンベルやら、客将であるユエに手を出したこととは別問題なんだ。私はさっきその話を聞いたんだ」

うん、その話か。

確かに私は二人に手を出した。

まずニーナ嬢についてであるが、彼女はもう17歳である。

母であるクラウディア・フォン・レッケンベル卿《きょう》同様に、あの少女のぱちくりとした目もいつの間にか細くなり、「背高のっぽ」に糸目の少女へと成長していた。

ヴィレンドルフの誰もが彼女を見た瞬間に、まさに母御の生き写しであると涙を流して喜ぶのだ。

どうも、それが強烈なコンプレックスであったらしい。

精神に不安定な部分を見せており、この間一緒に出掛けた遠乗りで泣きながらにしがみ付かれた。

そうして押し倒されたのだ。

貴方《あなた》を抱いて、母レッケンベルを超えるのだと。

何かその勝利方法は間違っている気がしたが、まあ、その、なんだ。

負けてなるものかと思い、私は応戦した。

問題は応戦の仕方だった。

「ニーナが妊娠したから、ちゃんと父親がファウストであることを認知してほしいと嘆願してきたんだ」

何度も勝利した私に対して、週一ぐらいでニーナ嬢が訪れて再戦を求めてきたのだ。

それがどんな時、どんな場所、どんな状況で在ろうとも。

ヴィレンドルフ騎士との一騎討ちより、私は逃げない。

そう誓っているのだから、まあ、だから仕方ない面があると思ってほしいのだ。

胸を張ってそう告げる。

「ただ私より10も若い女に週一の逢瀬《おうせ》をせがまれて、悪い気がしなかっただけではないのか?」

なるほど、確かにそのような不純な思いがこのファウストに無かったなどとは言わぬ。

このファウストは嘘《うそ》を吐《つ》かぬ。

「背高のっぽ」に糸目な少女に行為をせがまれるというストライクな性癖に対し、このファウストは確かに興奮した。

凄《すご》く興奮した。

だが、世界で一番愛しているのがカタリナであることに変わりはないし、自分からニーナ嬢に手を出したわけでもないのだ。

そう言い訳をする。

「まあ、ニーナは良いとしよう。何せレッケンベルの娘であり、そうであるならば私の妹である。下手な男を寄り付かせるぐらいなら、ファウストの子種を分けたほうが良い。許すとしよう」

私は許された！

「で、ユエに手を出したのはどうなんだ。これも事情によっては許すとしよう」

ヴィレンドルフの客将であるユエ殿のこと。

こちらもユエ殿の精神不安定が原因である。

トクトア・カアンは、遊牧騎馬民族国家は西征してこなかった。

何が原因かはさっぱりわからぬが、そのようなことは現実に全く起きなかったのだ。

全てはこれに尽きるのだ。

血縁一族全てを失い、自分の家名さえも捨て、自分の存在全てを振り絞って限りを尽くして。

成し遂げようとしていた復讐《ふくしゅう》を見失ってしまい、ユエ殿は精神が不安定になった。

ある夜に、一人でそっとヴィレンドルフを離れ、故郷に帰って自決同然の突撃をしようとしているユエ殿を見過ごすことはできなかった。

私は彼女を抱きしめて、幸せになってほしいと彼女に告げた。

もう何もかもを忘れて、このヴィレンドルフという新天地で自分の子を育て、家名を名乗り、新たに一族を作り上げるのだと。

誠心誠意の説得をした。

すると、ユエ殿は泣きながら一震えした後に、こくりと私の胸の中で小さく頷《うなず》いてくれたのだ。

「それで?」

うん、まあ、それがよかったというか、よくなかったというか。

まあユエ殿が元気を取り戻し、このヴィレンドルフで新たに一族を復権するという気分になったのは良かったけれど。

一族を復権しようと思うならば、男の良血が必要であるとユエ殿は言った。

その良血を探すとするならば、ヴィレンドルフのどこを探してもファウスト以上の男はいないと。

貴方が私の死を拒んだのだ、なれば貴方には責任を取って私の腹に子を宿す義務があるのだと。

確かに彼女の自決同然の無謀を止めた手前、そこまで強く言われては責任感もあった。

私は彼女との間に子を生《な》して、当然のことながらカタリナの耳にそれが入った。

「うん、多分ファウストの事だから、そこらへんは言い訳だと理解している」

もちろん東方人の鼻ぺちゃで、豊満な体つきをしたユエ殿が嫌いだったわけではない。

むしろ好みであった。

ハッキリ言えば、このファウストは太ももが太く、胸が大きい美人さんが大好きであった。

鼻ぺちゃの美人さんという少しジャンルのズラシを意図的に加えた要素など、もはや大好物としか言いようがない。

実のところを告白すれば、責任感というよりも、喜んで手を出した事を全く否定できない。

もう正直に言えばラッキーイベントだと思いました。

許してほしい。

「ファウストが正直に言ったことは認めよう。愛しあう者同士に嘘など不要であるからな」

私、許され――

「それはそれとして色々と駄目なので叱る。なんでお前そんなに多淫なんだよ。性欲の化け物じゃないか……」

「うん。そうですね」

座れ、と言われた。

「そこまでがヴィレンドルフの事だ。他にも告白することがあるよな？」

「……アンハルトでも、まあ」

それも仕方がなかったと言いたい。

リーゼンロッテ女王陛下が、アナスタシア殿下が、アスターテ公爵が。

皆が皆、ポリドロ家の誠意を疑うのだ。

何世代も繋《つな》げてきたポリドロ家の誠意を彼女たちが疑うのだ。

「なるほど、ヴィレンドルフ側に偏るのは仕方ない。だが、私たちもお前が裏切らないという誠意が必要なのだ。そうだ。誠意だ。誠意という言葉の意味は判《わか》るな。私欲を離れて正直にまじめに物事に対する気持ちであり、お前の真心が欲しい」

遠回しでもなんでもなく、単刀直入にそう言われたのだ。

二人きりで私室に招かれ、三人とも同じことを言うのだ。

言葉の意味は最初理解できなかったが、男である私がそれを証明することなど身体《からだ》を売る以外にないではないかと押し倒された。

何故《なぜ》このような醜い男の体をと考えもしたが、確かに応じた。

私は身を震わせて、ポリドロ家の為《ため》に身体をと。

「絶対嘘だろ。お前が多淫なのは、正式な婚約を結んでからの寝台で嫌というほど判っている。お前は何一つ嫌がらず、無茶苦茶喜んで応じただろ。この間アンハルトに行った時、宮廷で幼い子供が三人ほど走り回ってたぞ。凄くお前に似てた」

カタリナに隠し事などできなかった。

ああ、そうだ、確かに喜んで応じたとも！

あのような美乳と爆乳の美女三人に迫られて、断れるならもう私ではなかった。

もうアンハルトとヴィレンドルフの力関係とか脳からすっぽり抜けてしまった。

ラッキーイベントである。

オッパイ神が信仰厚き私に恩寵《おんちょう》を与えるために、私を天から見下ろしていたのだ。

そのように理解いただきたいのだ。

そのようなことを口にする。

「しゃがめ。思いきり顔を殴らせろ」

「はい」

私は膝を折り、誇り高き立派な騎士の姿勢というよりも、主君に怒られる配下のそれでしかない受勲式のような姿勢をとって、

「ただ、殴られる前に一つだけ言わせてくれ、カタリナ」

「なにについてだ、ファウストよ」

王宮の庭を見る。

そこには仕事をほっぽり出した軍務大臣などがおり、齢《よわい》１００を超えているはずの老婆が元気そうに私たちの娘であるクラウディアをお日様に掲げていた。

ヴィレンドルフを将来導いていく、私とカタリナの愛の結晶である。

軍務大臣はこれでやっと死ねるだのと口走っていたが、老衰なんかで死ぬ気配は皆無である。

私とカタリナの子供。

それを眩《まぶ》し気《げ》に見た後に、私は愛を口走る。

「それでも、カタリナの事を愛しているのは本当なんだ」

「それだけは信じている。私は一度お前に言った。他の誰に抱かれようと、誰を好きになろうと、最後に死ぬとき私の傍《そば》にいて手を握ってくれればそれで良いと」

カタリナは一生変わらないであろう愛を私の耳元に囁《ささや》いて。

私は、彼女への愛を一生抱き続けることを誓っている。

初めて接吻《せっぷん》した相手に、無限の愛を捧《ささ》げることを望んだのだ。

「それはそれとして叱る。お前は理論とか理屈とか、そういう点で評価して本当に駄目な奴《やつ》だから」

「うん、理詰めで言われては何も言い返せないな」

確かに良い悪いでいうと悪かった。

騎士としてせめて誰一人として不満足などないように、このファウストは全力を尽くしたのである。

愛を籠《こ》めて！

ただ一つ、悪いところがあるとすればだ。

「何もかもに愛を籠めすぎたのが原因であったな」

でも、それで皆が幸せになったならいいじゃないか。

これはこれで全員が辿《たど》り着くところに辿り着いた。

このファウストは、それだけは間違いないと確信しているのだ。

あとがき

まずは1巻に引き続き、2巻も購読いただいた読者様におかれましては、重ね重ねお礼を申し上げます。

読者様が買って下さったおかげで、こうして2巻も発売されることになりました。(正直なところ、作者は1巻で打ち切りの可能性も有り得るだろうと覚悟完了しておりました)

さて、本作にて良い事があったことをお話しします。

「次にくるライトノベル大賞2022」において大賞こそ逃しましたが、文庫部門で2位、男性読者投票1位に食い込めました。

投票してくださった読者様に深い感謝を。

ノミネートされた作品のラインナップを見た時点でベスト10にも入れないだろうなと、全く期待していなかったところに担当様編集様から結果連絡が来たため、望外の喜びでありました。

御礼ばかりを書き連ねておりますが、本当に心から感謝の意を伝えたいと思っております。

まだ書き足らないぐらいですが、この辺りにしておきます。

それでは2巻内容について。

さて、1巻のあとがきではノープロットで始めたことを話しておりましたが、Ｗｅｂ版での2章にあたる本巻からはそれなりに全体構成を意識して書くようになっておりました。ですが、それでも練り上げが足りないと嘆く部分は多々ありました。

書籍化にあたってＷｅｂ版では不足と感じていた描写の補足が入り、導入や強調したい要点なども付け加え、そこに「めろん22」先生のイラストが重なり合ったことで、本巻は満足いく仕上がりに完成しております。

今回の加筆修正にあたり、心強く相談に乗ってくださった編集担当様には頭が上がらぬ思いです。

もし3巻が出るならば、今回と同様にＷｅｂ版の不満点や描写不足分、不評だった点を改善する形で世に出したいですね。

ですので、もし続巻が発売されましたら買って頂けると嬉《うれ》しいです。書籍版からの読者様も、Ｗｅｂ版から入って御購読いただいた読者様も、必ずや満足させてみせますので。

本巻の帯にも書いておりますが、オーバーラップ発のＷｅｂコミック誌「コミックガルド」にてコミカライズが予定されております。

まだ本巻発売の時点では連載が始まっておりませんがネームの方は読ませていただいており、本当に上手な漫画家さんが担当してくれることになったと感激しております。

ヴァリエール殿下の可愛《かわい》さが強調されておりますので、楽しみに待っていてください。

それでは！

OVERLAP

貞操逆転世界の童貞辺境領主騎士 2

発　行　2023年3月25日　初版第一刷発行
2024年4月5日　　第二刷発行

著　者　道造

発行者　永田勝治

発行所　株式会社オーバーラップ
〒141-0031　東京都品川区西五反田 8-1-5

校正・DTP　株式会社鷗来堂

印刷・製本　大日本印刷株式会社

Printed in Japan　ISBN 978-4-8240-0439-0 C0193

第11回 オーバーラップ文庫大賞
原稿募集中！
イラスト：冬ゆき
キミが物語の王様
【賞金】
大賞…300万円
（3巻刊行確約＋コミカライズ確約）
金賞……100万円
（3巻刊行確約）
銀賞………30万円
（2巻刊行確約）
佳作………10万円
【締め切り】
第1ターン 2023年6月末日
第2ターン 2023年12月末日
各ターンの締め切り後4ヶ月以内に佳作を発表。通期で佳作に選出された作品の中から、「大賞」、「金賞」、「銀賞」を選出します。
投稿はオンラインで！ 結果も評価シートもサイトをチェック！
https://over-lap.co.jp/bunko/award/
〈オーバーラップ文庫大賞オンライン〉
※最新情報および応募詳細については上記サイトをご覧ください。
※紙での応募受付は行っておりません。